ABERMANDRAW

ABERMANDRAW

RHYS IORWERTH

Gomer

Cyhoeddwyd yn 2017 gan
Wasg Gomer, Llandysul, Ceredigion SA44 4JL
www.gomer.co.uk

ISBN 978-1-78562-071-3
ISBN 978-1-78562-072-0 (ePUB)
ISBN 978-1-78562-073-7 Kindle

Cyhoeddir gyda chymorth ariannol
Cyngor Llyfrau Cymru.

Argraffwyd a rhwymwyd yng Nghymru gan
Wasg Gomer, Llandysul, Ceredigion.

Cynnwys

Abermandraw

Mae o'n cerdded with afon Braw, yn trio meddwl pwy fyddai'n dod. Dechrau Tachwedd a'r dail yn boitsh, sanau'n wlyb. Ei dad a'i fam yn amlwg, os na fydden nhw wedi marw o sioc.

Hen dref ryfedd ydi hon. Mae'n siŵr y bydd pawb isio dangos wyneb, isio cael gweld eu gweps. Yn ei hymbarelio hi draw yn eu siwts gorau, polish ar eu sgidiau, yn barod am beint yn y wêc.

Sbïwch ar y lli yna. Hon ydi'r afon ond nid hwn ydi'r dŵr. Fory sy'n dilyn heddiw sy'n dilyn ddoe, echelydd chwil y sioe ad infinitum, whatever *ffwc.*

Mae o'n edrych trwy'r twll yn y coed ar y cymylau glaw. Draw fan acw mae yna frigyn o dras, un mor drwchus nes ei fod o'n foncyff ynddo'i hun.

Abermandraw, go fuck yourself, baby. *Mae'r parti ar fin dechrau go iawn.*

*

Un o nodweddion pennaf Abermandraw fel tref ydi'r ffaith ddiymwad nad ydi hi'n un sy'n tynnu, gan mwyaf ac ar y cyfan, ryw lawer o sylw ati hi'i hun na'i phobol.

Gwir y gair am y dryg-rêds achlysurol, am ambell fwrdwr rŵan ac yn y man, ac am ymweliad y tywysog â'r lle ugain mlynedd a mwy yn ôl. Ond yn anad dim, tref ddigon diddrwg-didda, *chav*-aidd mewn mannau ond nid mewn mannau eraill, ydi Abermandraw. Fel y ddynol ryw gyfan, bron iawn: yn gymysg o *chav*-aidd oll i gyd.

Yn nhyb llawer, mae'r diffyg hynodrwydd hwn yn resynus, a'r dref o'r herwydd yn un i'w hosgoi. Ond nid felly yn nhyb pawb, yn amlwg, neu fyddai neb yn byw yno. Ac nid tref fyddai hi wedyn ond rhywbeth arall.

Yn sicr ddigon, pe landiech chi yma un prynhawn a gofyn am *guided tour* (wnaech chi ddim), yna *guided tour* go ddiflas fyddai honno. Fel ym mhobman, mae'r heniaith yma'n farw ac yn fyw, a dibynnu lle sbïwch chi, ac mae cyfran helaeth o'r trigolion yn treulio'u dyddiau yn eu slipars mewn tai â'u muriau'n damp.

Does yma'r un siop lyfrau, wrth reswm pawb, na chapel llawn na banc sy'n dal ar agor. Diflannu yn yr un modd wnaeth y siopau bwtsiwr, y groser a'r post. Mae yma lechen i fardd a aned yn un o'r strydoedd cefn. Ond does neb yn darllen gwaith hwnnw bellach, na cherddi'r un bardd arall chwaith.

Mi allai'r *guided tour* eich hebrwng at y brif stad o dai sy'n cynnal poblogaeth y dref, gyda help y gymdeithas dai leol. Neu mi allai beidio.

Rhag eich digalonni'n llwyr, dewch am dro at Londis a Spar, heibio i'r ddau fwci, neu i'r twll yn y wal y tu mewn i'r Premier Stores. (Sy'n golygu nad twll yn y wal mohono, go iawn.) Neu, ar drywydd arall, i'r garej MOT sy'n dal i rygnu yn ei flaen – fel y mae'r rhan fwyaf o'r ceir – a gwledd-dai Mandraw Kebabs a'r Hung House, sydd hefyd yn gwneud *chips*.

Mae yma ysgol a lle doctor, a thair tafarn sy'n dal i ddenu potiwrs, hyd yn oed os mai mynd yn llwm ac yn llymach y mae'u gwedd (y tafarndai a'r potiwrs fel ei gilydd). A dyma nhw ichi: yr un y mae'r nytars yn mynd iddi, yr un wrth y bont, a'r Windsor Hotel.

Os nad ydi hyn yn ddigon, bymtheg milltir i ffwrdd, saif tref farchnad fawr Caer-coll: pencadlys y sir, a phrifddinas ei phobol.

Ac yn y fan hon, gyda'r sylw hwn, byddai'r *guided tour* ar ben.

Pan ymunwn ni â'r hanes, mae hi'n fore dydd Mawrth ym mis Tachwedd. Mae hi'n wlyb ac yn oer, fel y mae hi'n aml ar achlysuron o'r fath. Ac mae pawb, neu'r rhan fwyaf o bawb, mewn du.

Mi ddywedodd rhywun rywdro am Aberman-draw: fyddai Duw ddim wedi creu'r crap-hôl, ond fyddai O ddim am ei ddad-greu chwaith. Wel na fyddai debyg, ddim os ydi O'n edrych ar ôl Ei braidd. Ond mae'n hawdd gweld be oedd gan y sylwebydd hwnnw mewn golwg. Does yma ddim lot i'ch cythruddo, ond ddim lot i'ch cyffroi, *like*.

Ambell ffaith arall ichi.

Adeg etholiad, dim ond yr hen a ŵyr a dim ond y nhw sy'n pleidleisio.

Mae mamau ifanc y dref yn treulio hanner eu hamser hefo'u prams a'r hanner arall ar Facebook.

Yn ardal brafiaf y dref (brafiaf yn yr ystyr: cyfoethocach), mae yna athrawon a chyn-rocstars, adeiladwyr a chynghorwyr yn byw.

Ac wrth gwrs, y ffaith ryfeddaf am Abermandraw, o blith yr holl ffeithiau a ddyfeisiwyd amdani yn y byd, ydi nad oes yno, yn ôl pob diffiniad traddodiadol, yr un aber o gwbwl.

Mae'n wir bod afon Braw yn ymlwybro'n dywyll rhwng ei strydoedd, yn powlio o dan y bŵau ger y dafarn wrth y bont. A bod coed a brigau a boncyffion du.

Ond aber nid oes.

Sy'n golygu bod Abermandraw yn dref, wrth edrych ar darddiad ei henw, ac ynddi rywbeth mawr yn absennol. Dim ond nad oes neb erioed wedi gweld ei golli.

*

Gair ichi am berthynas Abermandraw â'r wlad sydd o'i hamgylch.

Tiriogaeth oedd honno unwaith a chanddi'i phobol ei hun a'i ffordd ei hun o feddwl. Ond roedd hi'n wlad oedd wedi diflannu i bob diben. Ac eithrio ar gaeau chwaraeon, doedd hi ddim *seriously* yn bod.

Cymathiad diwylliannol: dyna ddisgrifiad academyddion o'r datblygiad diweddaraf hwn, datblygiad oedd mor ddiweddar â sawl canrif oed.

Roedd ambell ardal fechan yn dal i drio brwydro yn erbyn y duedd, yn dal i geisio gwyro'n groes i'r graen. Mae'n bur debyg y byddai sylwebyddion allanol yn galw Abermandraw yn un o'r pocedi hyn.

Ond grym pwerus ydi grym y lli, fel y gall afon Braw yn bendant dystio.

Oherwydd hyn, a nifer o bethau eraill, roedd sawl un yn tosturio wrth Abermandraw druan. Hithau ddim yn gwybod a oedd hi'n mynd ynteu'n dod.

Marsipan Morris

Mae o'n stym-stym-stymblan ar hyd ochrau'r afon ac yn meddwl: dyma sefyll rhwng y myrtwydd; rhwng byw a marw, onid ia mêt?

Ei fam a'i dad ar seti pren y capel. Emynau claddedigaethol, teyrnged, gweddi. Pawb y tu ôl iddyn nhw'n trio peidio gwneud sŵn hefo'u polo mints.

Ymhlith y pawb hwnnw mi fydd Marsipan Morris. Gwallt yn gylchoedd modrwy, powdwr ar ei bochau'n drwch.

A dyna ichi weddill gwehilion Abermandraw o'i hamgylch; y rhan fwya'n cael eu bwyta'n fyw gan ganser. Neu ar fin mynd yn sbastig hefo strôc.

Mae'r brigau'n drwm uwch ei ben; hwn fan acw'n drymach na'r un. Y gwellt yn wlyb rownd ei figyrnau, drain yn crafu'i glustiau.

Ac felly, mae o'n meddwl: dyma'r ffordd i fynd. Mae'r brath yn ei ben yn mynd yn finiocach beth bynnag, y poeni'n ei wneud o'n waeth. Mae fel hyn yn haws.

*

Wrth reswm pawb, Marian, ac nid Marsipan, oedd ei henw iawn. Ond nid dyma'r lle i ymhelaethu ar hyn. Mae'n ddigon datgan am y tro mai Marsipan fuodd hi ar lafar gwlad ers cyn i goed afon Braw golli'u dail am y tro cyntaf un.

Roedd hi'n ddynes solet – a hynny yn ystyr gadarnaf y gair. Gwraig yn ei chwedegau cynnar: y teip y byddai rhywun yn ei thrystio hefo bywyd plentyn bach, ond byth rownd potel jin mewn cegin gefn. Yn smocio fel y twŷrs ym Mhort Talbot, ac roedd o'n dweud ar fagiau'i chroen ac yng nghrygni'i llais.

Heddiw, roedd Marsipan yn enw addas tu hwnt, gan ei bod hi'n frown fel cneuan almond, un wedi'i chrasu'n grimp. Handbag lledr gwyn ganddi; côt ffŷr fryniog am ei hysgwyddau. Roedd hi newydd ddod yn ei hôl o'r Ynysoedd Dedwydd (Canary Islands) a thipyn o sioc i'r system oedd hyn wrth i biglaw Tachwedd dasgu o'r lôn rownd ei bŵts a stwmps ei ffags.

'Ma'r bỳs ma'n slo, del,' meddai hi wrth y dyn oedd wrth ei hochor. 'Lle mae o da?'

Doedd ond angen edrych ar wyneb hwnnw i ddeall nad oedd y rhain yn nabod ei gilydd o gwbwl, a go brin eu bod nhw wedi cyfarfod erioed.

'Fyddan ni 'di fferru'n gorn, myn uffarn i,' meddai hi wedyn. Mwy o ddrags cyn sythu'i breichiau yn ei chôt fel pengwin. Fflic i'r llwch a gwneud sioe o grynu'n ei hunfan.

'Dwi'n deutha chdi, del,' meddai hi wrth i'r gwynt gael gafael ar y mwg, 'ma nhw'n mynd yn waeth ac yn waeth de. Hannar awr o'n i yma wsnos o blaen a ddaru 'na'r un ddod.'

Ddywedodd y gŵr ddim gair, dim ond gwneud ystum hanner ffordd rhwng nodio ac ysgwyd ei ben, a rhyw fwmian cytuno hefo'i aeliau.

'Os bydd o mor hwyr â hynny heddiw, myn uffarn i … Gen i gnebrwng i fynd iddo fo, myn coblyn.'

(Wrth gwrs, y peth doniol am y darn hwn o'r stori ydi hyn: doedd y bysus i Abermandraw byth yn brydlon, yn union fel na fydd llif afon Braw byth yn hwyr. Roedd Marsipan Morris fel petai hi wedi anghofio hynny ar ôl ei hwythnos yn torheulo yn Tenerife.)

Stretsiodd Marsipan ei gwddw i graffu i lawr y lôn. Roedd hi'n dechrau difaru dod i Gaer-coll i wneud ei gwallt o gwbwl. Mi ddylai fod wedi cael *rollers* yn y tŷ, meddyliodd, cynhebrwng neu beidio. Ac roedd amser yn mynd yn brin.

Ar hyn, dyma lorri sment yn chwyrnellu heibio a dŵr budur y tarmac yn gawod o sbre yn ei sgil. Neidiodd y dieithryn o'r ffordd, ond doedd Marsipan

Morris ddim mor heini. Daeth y diferion caglog yn syth am ei sgert.

'O, sbia neno'r tad,' meddai hi wrth sychu honno hefo'i llaw. Rowlio'i lygaid wnaeth y dyn diarth, a gwenu gwên oedd hanner ffordd rhwng ymddiheuriad a thosturi.

'Fasa hyn ddim 'di digwydd yn Los Cristianos yn saff ichdi,' meddai hi wedyn, a hawdd oedd gweld pam. Roedden nhw mewn tref yng ngogledd-orllewin Ewrop ym mis Tachwedd i gychwyn. Ond at hynny, mewn arhosfan fysus ar briffordd brysur, priffordd ac arni fawr mwy na siopau'n gwerthu *kebabs*, alcohol ac e-sigaréts, a'r glaw'n pledu'r haearn gwyrdd oedd i fod i'w cysgodi, a hwnnw'n dyllau ac yn rhwd i gyd, a'r traffig yn un pandemoniwm o ddeiars a weipars a dŵr, roedd cyfnod Marsipan Morris ar y traeth ar lannau'r Iwerydd yn teimlo mor bell yn ôl ag oes y punt-am-bacad-o-ffags. A hynny, o bosib, y tro ynys-ddedwyddaf, olaf un.

'Lle braf, sti,' meddai hi, ac amneidiodd y dyn i geisio dangos nad oedd o'n amau llai.

Taniodd Marsipan Morris sigarét arall i dawelu'i nerfau. Roedd pethau rŵan yn mynd yn dynn go iawn. Dechreuodd wneud rhestr yn ei phen: y crisps wedi'u prynu, y brechdanau past samwn wedi'u lapio, ond cyn iddi allu symud yn ei blaen ymhellach dyma fo'r blydi bws yn ymddangos o'r blydi diwedd rownd y gongol.

'Ffor ffyc sêcs,' meddai Marsipan Morris, gan fod Embassy cyfan yn llosgi yn ei llaw. Bu bron iddi dagu wedyn wrth geisio traflyncu cymaint o'r mwg ag y gallai cyn gorfod dringo'r step i ddangos ei phàs.

Eisteddodd i lawr a rhechu'n dawel. Yn anffodus i hwnnw, eisteddodd y dieithryn wrth ei hochor gan nad oedd hi'n ymddangos iddo fod sêt wag arall ar gael.

'O leia dan ni arno fo rŵan, del,' meddai hi. A gwnaeth y gŵr ryw ystum rhyddhad hefo'i fochau, cyn crychu'i drwyn hefo gwg.

Yn ôl yng nghefn y bws (roedd Marsipan Morris wedi'u gweld ond heb eu cydnabod) hanner gorweddai Ronan a Regan Brenig. Neu Regan a Ronan Brenig, doedd hi byth yn siŵr. Eisoes yn eu siwtiau duon, ar berwyl amheus, mae'n saff.

Ar berwyl tipyn mwy herciog roedd y bws. Erbyn hyn roedd cysgodion llwyd y canolfannau manwerthu yn llenwi'r ffenestri cymylog: yr archfarchnadoedd a'r warysau DIY, y maci-dîs a'r *drive-throughs*. A'r glaw yn dal i ffustio'r to.

'Ti'n mynd yn bell del?' holodd hi mewn un ymgais olaf i weld oedd gan hwn lais.

'*Don't speak it, love,*' meddai hwnnw, a dyna ddiwedd ar hynny.

Cyn hir roedden nhw allan yn y berfeddwlad, yn ymlusgo o bentref i bentref ar hyd lonydd gwyntog cefn gwlad. Gadawodd y dyn diarth y bws yn un o'r pentrefi. Ac am ryw reswm rhyfedd, dyna'n union pryd ddechreuodd Marsipan Morris deimlo'n unig ac yn emosiynol go iawn.

A meddyliau unig ac emosiynol fel hyn roedd hi'n eu meddwl: onid oedd yna rywbeth, wrth deithio mewn cerbyd llaith a'i ffenestri'n stêm, a hithau'n oer y tu allan, ar fore Mawrth hyll o Dachwedd, ar fws o Gaer-coll i Abermandraw, a'r glaw fel dagrau ar y ffenest, a weipars y bws yn nadu, a'r bws yn ysgwyd yn ei flaen ac yn ôl ac i lawr ac i fyny, a hithau'n methu gweld allan yn iawn, dim ond cysgodion coed a cheir yn pasio, a'r weipars cwynfanllyd yn cadw sŵn, a phlentyn yn dechrau crio mewn pram o'i blaen, a'r bws yn stopio i ollwng hen wreigan i drugaredd y gwynt a honno'n methu cerdded heb ei ffon, a'r glaw'n dal i bwnio'r ffenest a'r bws yn ailgychwyn ysgytian yn ei flaen – onid oedd yna rywbeth am y byd, am y bore Mawrth oer hwnnw o Dachwedd ar y bws, oedd yn hollol dorcalonnus a di-ddallt o drist?

Daeth Marsipan Morris i'r casgliad bod. A heb syndod yn y byd, dyma ddechrau arswydo at yr hyn fyddai gan yr arbenigwr i'w ddweud wrthi ddydd Gwener am y cysgod ar ei hysgyfaint a'r lwmp ar ei brest. Roedd tridiau i ffwrdd yn teimlo fel eiliadau ac fel canrifoedd ar yr un pryd.

Ond dydd Mawrth oedd rŵan. Ac mewn ffordd wyrdroëdig, diolchodd Marsipan Morris fod ganddi angladd i'w gyrchu a bwffe i'w baratoi; roedd y tŷ cyngor yna wedi dechrau'i dychryn hi'n ddiweddar. Y peth cyntaf: coctel sosejes a sosej rôls yn syth i'r popty, cyn ffonio tacsi i fynd â phopeth draw i'r Windsor Hotel erbyn un.

Dechreuodd y bws ddilyn llwybr afon Braw i lawr o'r bryniau, honno'n edrych yn fygythiol yn nhywyllwch llwyd y bore. Crynodd Marsipan wrth weld y coed yn y pellter, y glannau'n adrodd eu stori'u hunain.

Wrth i dalcenni tai cyntaf Abermandraw ddod i'r golwg, trodd ei meddwl at ei ffrind gorau a'i gŵr. Byddai'r rheini'n claddu'u mab cyn hir ac roedden nhw'n bur amlwg yn go racs a chlwyfedig eu stad. Heddiw, mi fydden nhw angen ysgwydd solet Marsipan Morris yn fwy nag erioed.

*

Gair ichi am fysus cyhoeddus Abermandraw a'r cylch (neu Gaer-coll a'r cylch, a dibynnu ar eich persbectif).

Ar y pwynt hwn yn yr hanes, roedd y bysus cyhoeddus hynny yn wynebu heriau nid ansylweddol i fod yn hyfyw yn hinsawdd economaidd yr oes. Neu, ac aralleirio mewn geiriau eraill, yn stryglo i dalu amdanyn nhw'u hunain ac yn darparu gwasanaeth hollol crap.

Yn y ddwy flynedd flaenorol yn unig, roedd pedwar o gwmnïau bysus mwya'r fro wedi mynd i'r wal. Un ohonyn nhw'n llythrennol felly, pan syrthiodd gyrrwr i gysgu wrth yr olwyn ac arwain y *double decker* a lywiai (neu nas llywiai bellach) i wal ger Tesco Extra Caer-coll.

Ar y dydd Mawrth hwn – mae'n fis Tachwedd – roedd amserlen y gaeaf yn golygu bod y bysus fwy neu lai wedi peidio â bod. Mewn sawl pentre yn y sir, doedd dim gwasanaeth o gwbwl. Roedd llwybrau cyfan wedi'u canslo, y depos yn segur a'r dreifars ar y ddôl. A'r cwmnïau bysus eu hunain – y rhai oedd yn dal i drio – mewn cachu hyd at eu sgriniau gwynt (*windscreens*).

Yn ôl y Cyngor Sir, roedd y toriadau'n hanfodol. Meddai'r Dyn sy'n Gweithio i'r Cyngor Sir ar y pryd: 'Mae'r toriadau'n hanfodol.' Pan wynebodd helynt ynghylch hyn yn y Windsor Hotel un noson, beiodd y cynghorwyr, a feiodd y llywodraeth, a feiodd y mewnfudwyr. Rhoddodd y mewnfudwyr y bai ar Ewrop am eu gadael i mewn i'r cyfandir.

Yn lwcus i Marsipan Morris a Ronan a Regan Brenig, roedd y gwasanaeth o Gaer-coll i Abermandraw ac yn ôl (neu o Abermandraw i Gaer-coll ac yn ôl, a dibynnu ar eich persbectif) yn dal i redeg. Am y tro. Deirgwaith y dydd, lle bu unwaith yn ddeg.

Deio Llŷn

Eiliadau tragwyddol, what the fuck?! *Ond maen nhw weithiau, yn tydyn, pethau bach rwyt ti'n eu gwneud ar amrantiad a'u goblygiadau nhw'n para am byth.*

Weithiau, ddim chdi sydd hyd yn oed yn gyfrifol am wneud y pethau hyn, ond y grym anesboniadwy yna sy'n dweud mai felly y mae hi i fod.

Ac mae o'n meddwl: sut yn y byd wyt ti i fod i wybod ai chdi ai rhywbeth arall sydd ar fai? Sut yn y byd. Unwaith ti wedi'u gwneud nhw, mae'n rhy hwyr i ddallt.

Fel afon Braw yma, tydi hi'n methu troi yn ei hôl a dechrau llifo i fyny i'r mynyddoedd. Fel Deio Llŷn, exhibit A. *Hwnnw yn ei gornel yn rhythu, pawb o'i gwmpas yn prancio heibio ar y* piss.

Mae o'n colli deigryn ar y gwair wrth feddwl am ei rieni. Y brechdanau a'r quiches *yn mynd yn stêl; y conga wedi dechrau rownd y bar – os bydd neb yn yr angladd o gwbwl.*

Mae'r glaw yn sgubo'r deigryn i ffwrdd fel siot.

*

Doedd Deio Llŷn ddim yn dod o Ben Llŷn, ond roedd o'n siarad jest fel un (oedd yn dod o Ben Llŷn). A dyma'r rheswm pam: am flynyddoedd bob haf, mi fyddai Deio Llŷn yn hel ei bac o dref Abermandraw ac yn cyrchu oddi yno am Aberdaron ger y môr, lle'r oedd ei nain yn preswylio ac yn trigo ac yn byw.

Ac un arw oedd honno am sicrhau bod ei hŵyr yn medru siarad yn gall: yn ymgomio yn iaith y cimychiaid a'r seintiau, yn lleferydd Tŷ Newydd a'r Ship. Ac roedd yr acen honno yn dal ar wefusau Deio Llŷn hyd y dwthwn hwn.

Heddiw, a hithau'n fore Mawrth, roedd Deio Llŷn yn cicio'i sodlau yn ei ystafell. Nid yn llythrennol, wrth gwrs. Rŵan ac yn y man, mi sbiai ar y cloc – roedd Anti Jean yn hwyr i'w hebrwng i'r cynhebrwng. Ac roedd Deio Llŷn yn dechrau anniddigo yn ei sêt.

Nid fel hyn, yn ffwdanus a phoenus a gofidus, yr arferai'r hogyn ifanc hwn fod.

Nid yn aflonydd a chysetlyd fel heddiw, ond yn ysgafnfryd fel y gog. Ei ymarweddiad yn union fel y ffordd y siaradai: yn dow-dow a hamddenol, yn linc-di-lonc fel ffermwrs Llŷn yn mynd am dro. A bachgen hefyd a'i drem ar y gorwel, oherwydd roedd yr heli yn ei waed, a thywod yn dragywydd ar ei wadnau.

Doedd ond angen hel eich traed am Aberdaron i weld hyn â'ch llygaid eich hun. Deio Llŷn ar ei fwrdd syrffio; Deio Llŷn yn ei gwch hwylio slash pysgota; Deio Llŷn a'i wallt melyn hir yn plymio o'r creigiau i donnau gwyllt y môr.

Yn y tonnau roedd Deio Llŷn hapusaf, neu o leiaf ar eu pennau ar ddarn o wydr ffeibr neu'n neidio i mewn iddyn nhw o ochrau'r lan.

Am ryw hyd, hynny ydi. Gwaetha'r modd, roedd yr hwyliau siriol wedi hen gilio, y ciwcymbyr cŵl wedi mynd yn slwj. Yn ôl yn ei ystafell, syllodd Deio Llŷn ar y cloc drachefn a dechrau cicio'i sodlau am y filfed waith. (Mewn ffordd o siarad, wrth gwrs.) Cnoi'i wefus hefyd. Y tu allan roedd hi'n wynt ac yn law; dirmyg Tachwedd yn sgubo dros y coed a thrwy'r ardd gymunedol cyn poeri ar y ffenest uwch y ddesg. Am ddiwrnod i gynnal angladd, meddyliodd. A sbiodd draw at afon Braw a sobri ac oeri'n stond.

Caeodd ei lygaid a gweld Heather; roedd hi'n llond y lle. Ac ar y funud honno daeth yr hen demtasiwn yn ôl fel y gwnâi o dro i dro; mi driai ymatal ond weithiau roedd hynny'n anodd. Ac roedd hi bron yn bendant y byddai Anti Jean yn sbelan eto.

Gwingodd Deio Llŷn. Edrychodd ar y drws i jecio nad oedd neb yn dod. Ac yna'n nerfus, yn betrus, agorodd y drôr.

A nerfusrwydd eironig oedd hwn, wrth gwrs. Dyma'r Deio Llŷn fu'n neidio bynji yn Beijing.

Yn paragleidio yn yr Alpau. Yn syrffio ar donnau mwya'r byd yn Hawaii. (Ac am donnau oedd y rheini, mam bach; mi fyddai Cynan wedi cael haint.)

Roedd o'n dal i fynd i banig, yn dal i lifo'n chwys oer drosto wrth feddwl am yr hyn ddigwyddodd wedyn. Afon Braw a'i cherrig; afon Braw a'i phont; afon Braw a'i thafarn ar ei noson gyntaf un yn ôl o'i daith. A dim golwg o Heather yn unman. Roedd ar Deio Llŷn isio sgrechian. Petai ond, petai ond, petai ond.

A dyna pam, wrth i Anti Jean gerdded i mewn i'r ystafell, roedd Deio Llŷn wedi dechrau crio fel babi a'i siwt ddu newydd a'i grys gwyn glân yn socian o ddagrau ac o snot.

'Dyro imi hwnna i gadw,' meddai Anti Jean, a rhoi'r iPad a'r lluniau o'r trip rownd y byd yn ôl yn y drôr.

'Tyd, wir Dduw,' meddai hi wedyn, 'mae gen ti gnebrwng i fynd iddo fo, ac os nad awn ni rŵan, fyddi di'n hwyr.'

Sbiodd Deio Llŷn ar y cloc.

'Nefar in Nefyn?' meddai'n lled gyhuddgar, a mymryn o sbarc cellweirus yn ôl yn ei lygad erbyn hyn.

Gwenodd Anti Jean wrth rowlio'r gadair olwyn trwy'r drws.

*

Gair ichi am gartref preswyl Woodland Hall.

Roedd y lle'n drewi, mae hynny'n saff. O hylif antiseptig ac o'r dafod fain; dim ond un o'r dwsin o nyrsys fedrai siarad iaith y fro, ac roedd y perchnogion yn gwmni o hapfuddsoddwyr o Staines-upon-Thames.

Bedair milltir y tu allan i Abermandraw, mewn llannerch oddi ar y briffordd i Gaer-coll, mi arferai fod yn blas i fân uchelwyr ac roedd sôn fod y beirdd yn dod i aros yma wrth bererindota ar draws gwlad.

Ond yr unig rai oedd yn pererindota yma bellach oedd teuluoedd y preswylwyr; y Deio Llŷn tair ar hugain oed yn eu plith. Ac roedd yr ymweliadau hynny'n ddigon anfynych ar y gorau.

Bob yn hyn a hyn mi glywech sŵn sgrechian neu nadu yn ffeindio'i ffordd trwy'r drysau tân. Sŵn slapio a smacio o dro i dro hefyd; roedd ffiws ambell nyrs yn fyrrach nag y dylai fod a'r dreth ar yr amynedd yn ormod. Ac mi gachai rhywun yn ei drowsus bob dydd.

Di-ddal oedd y derbyniad teledu yn y lolfa gymunedol a dim ond Freeview oedd ar gael. Doedd yma ddim *wi-fi* wrth reswm pawb. Gweinid grêfi a chwstard hefo pob pryd bwyd (ac eithrio brecwast, yn amlwg). Swm a sylwedd y silff lyfrau oedd cylchgronau *Hello* y staff ac ambell hen gopi o gyfrolau'r *Reader's Digest*.

Pan oedd hi'n braf, mi gâi pawb fynd allan i'r ardd a mwynhau ychydig o haul. Ond fel y gŵyr y cyfarwydd yn eitha reit, doedd hi ddim yn braf heddiw: roedd hi'n fore Mawrth oer o Dachwedd ac roedd hi'n bwrw glaw yn sobor iawn.

Llys Bodhafan oedd ei enw unwaith, ac mi fyddai wedi bod yn enw digon addas i'r oes hon hefyd (gan ei fod yn hafan i'w drigolion gael bod ynddi os nad byw). Ond penderfynodd rhywun, rywdro, y byddai Woodland Hall yn enw gwell.

Shimon Sharck

*Pa fodd y cwympa'r dafnau glaw ar y gwair? Yn
ffycin galed, washi, ac mae'i draed trwy ddail poitsh
Tachwedd yn shathru'r malwod yn shlwj.*

*Shlysh-shlysh-shlyshian hefyd mae'r ewyn yn nŵr
yr afon. Ac mae o'n meddwl mor hawdd fyddai baglu
i mewn rŵan; un cam bach o'i le ar y glannau llithrig
yma ac mi gâi o'i shgubo at y bont yng nghanol y dref
yn gweiddi: 'Achubwch fi, achubwch fi rhag Braw!'*

*Mae'r brigau'n well bet, i'w gweld yn shaffach
pethau. Yn enwedig hwncw fancw shydd fel gwddw
eliffant o dew.*

*Weithiau, ddim chdi fydd hyd yn oed yn gwneud
yr un cam bach o'i le. Ddim chdi, ond hen ddeilen
fach frown shydd newydd orffen cael ei shiglo'n racs
yn dishgyn o dy flaen di ac yn glafoerian: tyrd hefo fi,
mêt, mi awn ni am dro i'r dŵr.*

*Ac mae o'n meddwl am y Shimon Sharck yna, shy'n
gwybod hyn yn well na neb. Ac yn pendroni: be gebysht
fydd hwnnw'n ei wneud yng nghanol y cyfan, yn yfed
ei hochor hi yn y Windshor Hotel?*

*

Roedd Shimon Sharck yn hoff o shbondŵlish. Hoff iawn. Hoff beth Shimon Sharck yn y byd oedd shbondŵlish, mawr a mân, yn shgleiniog ddishgleiriog, yn aur ac yn arian, yn gopor ac efydd a budur a glân. Wir ichi, gyfeillion, mi hoffai Shimon Sharck ei shbondŵlish, ei ddimeiod cochion o bob lliw yn y byd yn grwn.

Er mwyn profi hyn, profi bod Shimon Sharck yn hoff o shbondŵlish, yn fwy hoff o shbondŵlish na holl shibolethau'r byd, doedd ond angen crybwyll y gair shbondŵlish, neu hyd yn oed y gair gwell shmacarŵnsh, a byddai Shimon Sharck yn ecsheitio'n lân. Shbïwch ar y plyg yn ei drowshush yn codi, gyfeillion, a'r ceiniogau a'r punnoedd yn tincial yn ei ben.

Shbon-dwlala-lŵlish a shmaca-raca-rŵnsh. Y rhain oedd ei fara a'i fenyn, ei jiwsh a'i jam.

Neu o leiaf – felly y shyniai trwch poblogaeth Abermandraw a'r cylch amdano. Roedd eraill yn fwy trugarog, ac yn barnu bod Shimon Sharck yn foi olreit t'mbo, yn ddyn iawn yn y bôn. Yn creu gwaith yn lleol, shti. Chwara teg i'r cont dduda i.

Heddiw, a hithau'n fore Mawrth, ac Abermandraw yn shocian yn y glaw, a gwynt Tachwedd yn shiglo'r shgaffolding o'i gwmpash, roedd Shimon Sharck a'i shiaced felen yn crwydro sheit adeiladu gwag Meadow Mewsh ar gyrion y dref.

Braidd yn ddigalon oedd o; mi fyddech chithau hefyd yn ei shefyllfa fo. Ond hei ho, hop-y-deri-dando, dyma ymyshgwyd o'i drishtwch a phenderfynu gyrru i lawr i'r Windshor Hotel ar y shtryd fawr. Roedd shi fod y bragdy am roi'r lle ar werth ac ym meddwl Shimon Sharck mi allai'r hen weshty greu cyfle datblygu penigampush, roc-a-rôlish arall heb ei ail.

Ond cyn gwneud hynny, gwnaeth Shimon Sharck benderfyniad gwirioneddol shit. A dyma natur y penderfyniad gwirioneddol shit hwnnw: dewish picio adre i gychwyn, jesht i gael trefn ar bethau t'mbo, cyn dreifio i lawr i'r Windshor Hotel yn nesh ymlaen.

Ac roedd hwnnw'n benderfyniad gwirioneddol shit am shawl rheshwm.

Yn fuan wedi i Shimon Sharck droi trwyn nid anshylweddol ei Mitshubishi Shogun o Meadow Mewsh tua'r briffordd, ar ochor y lôn, mewn cilfan gul, shtryffaglai hen ŵr i newid olwyn ei Nisshan Micra ugain oed. A shtryffaglu'n wir oedd y gair; mor wantan oedd yr hen ŵr shocian, roedd hi'n shyndod ei fod o wedi llwyddo i gario'r shiac o'r bŵt.

Shtopiodd Shimon Sharck ei Fitshubishi Shogun yn y fan a'r lle a mynd i roi rhywfaint o help llaw, *via* ei fôn braich, i'r hen ŵr druan. Cyn hir roedd Shimon Sharck ei hun yr un mor shocian, yn wlyb diferol, *drenched*. Ond roedd yr olwyn shbâr yn shaff yn ei lle a Shimon Sharck yn teimlo'n rêl Shamariad trugarog. Prin y diolchodd yr hen ŵr cyn gyrru i ffwrdd yn igam ogam, ond nid dyna pam roedd ei benderfyniad gwreiddiol yn benderfyniad gwreiddiol gwirioneddol shit, chwaith. Roedd ei benderfyniad gwreiddiol yn un gwirioneddol shit o achos be ddigwyddodd wedyn.

Shef wrth i Shimon Sharck dynnu ei Fitshubishi Shogun allan i'r briffordd, anghofiodd shiecio'n ddigon gofalus yn y drych yshtlysh. Yn anffodush neilltuol, ar yr union adeg honno, roedd lorri shment yn pryshur chwyrnellu heibio o'r tu ôl iddo, a shmac-bang-walop, aeth â drych yshtlysh y Mitshubishi Shogun yn lân gydag o nesh oedd hwnnw'n shiwrwd o blashtig a gwydr yn y gwrych.

Breciodd y lorri shment yn galed a dod i shtop. Neidiodd y gyrrwr allan a dechrau brashgamu'n fygythiol ar hyd y ffordd.

'*You fucking idiot*,' gwaeddodd. '*You could've cleaned me out!*'

A dyna pryd nabyddodd Shimon Sharck y gyrrwr lorri shment. Y gyrrwr lorri shment oedd y dyn yr oedd o wedi rhoi'r shac iddo flwyddyn neu ddwy ynghynt am beidio â throi i fyny i'w waith yn ei lorri shment.

'*I'm sho shorry*,' meddai Shimon Sharck. Daliodd y gyrrwr i frashgamu'n ei flaen yn fygythiol, wedi adnabod Shimon Sharck bellach hefyd. Doedd y bygythiad ddim yn jôc. Mewn amrantiad roedd o wedi plannu'i ddwrn yn yr ashgwrn rhwng dwyfron Shimon Sharck, a oedd bellach wrthi'n shyrthio wyshg ei gefn i bwll o ddŵr a'i gwnaeth yn ŵr gwlyb gwlypach fyth.

Wedi dial o'r diwedd, shgwâr-gerddodd gyrrwr y lorri shment yn ôl i'w lorri shment a chwyrnellu i ffwrdd, yr un mor ddishymwth ag y daeth. Dringodd Shimon Sharck yn grynedig yn ôl i'r Mitshubishi Shogun (oedd bellach heb ddrych yshtlysh). Wrth yrru'n ei flaen fel malwen tua thre, ni allai lai na meddwl, pe na bai o wedi shtopio i helpu'r hen ŵr i newid yr olwyn, fyddai'r penderfyniad gwreiddiol a wnaeth i bicio adre ddim wedi bod yn benderfyniad gwirioneddol shit.

Erbyn cyrraedd y tyddyn bychan lle'r oedd Shimon Sharck yn byw hefo'i wraig anffyddlon, shigledig a dweud y lleiaf oedd Shimon Sharck yn dal i fod, a go shimshan o hyd oedd ei goeshau.

'Shylvia?' gwaeddodd wrth groeshi rhiniog y drwsh. Atebodd honno ddim; ar fwrdd y gegin, roedd nodyn gan ei wraig yn dweud: *Gone to Caer-coll for the day. Might be late.*

Llyncodd Shimon Sharck ei boer gan y gwyddai'n iawn nad i Gaer-coll roedd ei wraig wedi mynd o gwbwl a gwyddai'n iawn hefyd yshtyr *might be late*.

Penderfynodd ffonio'r Windshor Hotel i weld oedd y landlord diog wedi codi; osh hynny, mi âi i lawr yno'r munud hwnnw wedi'r cyfan, i gael shbec go dda o gwmpash. Roedd cadw'n bryshur washtad yn codi'i galon, a doedd dim yn codi'i galon yn fwy na phroshiect newydd o fflatiau glân, gloyw, dishglair, newydd shbon danlli grai.

Ond cyn ffonio'r Windshor Hotel, dewishodd fynd i weld oedd yr ieir wedi dodwy wyau yn yshtod y nosh. Roedd o'n go shicr nad oedd ei wraig wedi shiecio'r bore hwnnw cyn cychwyn i ble bynnag roedd hi'n mynd i gael shecs. Osh ffermwr tyddyn, ffermwr tyddyn go iawn. A dyma'r ail benderfyniad gwirioneddol shit i Shimon Sharck ei wneud y diwrnod hwn.

Oherwydd, o achosh, oblegid: shala'i gwadnau, gwraig y crydd. Neu'r bore yma, shala'i do, to'r codwr fflatiau. Pan gamodd Shimon Sharck trwy ddrwsh y tyddyn – heibio'r biliau a'r rhybuddion methdalu a llythyron y gweinyddwr oedd wedi'u shgubo i un ochor ar y mat – dyna'r union eiliad pan afaelodd gwynt dyffryn Abermandraw yn un o lechi'r to a'i thywysh, gyda help dishgyrchiant, drosh y landar am ochor wyneb Shimon Sharck, a dishgyn am ochor yr wyneb hwnnw gyda'r darn miniog am i lawr.

Wir ichi, doedd Vinshent van Gogh ddim ynddi.

Oedd, roedd Shimon Sharck wedi bod yn yshglyfaeth i ddigwyddiadau anffortunush fyth ersh anafu blaen ei dafod mewn damwain hefo torrwr gwrych yn ddeunaw oed. Ond hwn, pa mor shydyn bynnag y digwyddodd, oedd yr un gwaethaf o beth tipyn.

*

Gair ichi am Meadow Mewsh, a datblygiadau adeiladu cyffelyb.

Roedden nhw'n codi fel madarch o gwmpash y lle, ac nid Shimon Sharck oedd yr unig un oedd wrthi. Tai hefyd – nid dim ond fflatiau. A thra oedd Shimon Sharck a'i ben o dan y dŵr (neu mewn bandej), roedd cwmnïau eraill yn llwyddo'n well o beth wmbreth.

Doedd neb yn rhy shiŵr i bwy oedd y cartrefi hyn i fod. Yn ôl cyfrifianellau'r Cyngor Shir, roedd miloedd ar filoedd o bobol am fod yn chwilio am do uwch eu pennau yn yr ardal cyn hir. Ond tipyn o waith oedd eu gweld nhw'n cerdded o gwmpash Abermandraw ar fore Mawrth oer o Dachwedd fel heddiw.

Wrth gwrsh, roedd modd llenwi'r shtadau newydd trwy droi at reshtrau arosh cymdeithashau tai Preshton a Shtoke-upon-Trent. Shef pobol leol i bob pwrpash, yn enwedig o'u rhoi ochor yn ochor â ffoaduriaid a shipshiwn amheush dwyrain Ewrop. Roedd y cyntaf yn rhannu'r un gwerthoedd, yn shiarad yr un iaith, ac yn bwyta'r un bwyd. Pwy a ŵyr be gaech chi o groeshawu'r lleill i mewn i'ch bro?

Am y bobol leol go iawn, mi welech y rheini'n dal i fyw mewn tai a'u muriau'n damp ac yn treulio'r dydd yn eu shlipars. Shef, yn nhyb llawer o'r gwleidyddion, y lle shaffaf o beth tipyn iddyn nhw fod.

Peter Jêc a Petal Wynne
(neu, Yr Hogyn Ifanc
a'r Dylwythen Deg)

Mwy o ddagrau rŵan; mae o'n eistedd ar ei wely (ers talwm ydi hyn) yn methu dallt ei bod hi wedi gwneud be wnaeth hi a chnoc-cnoc-cnoc, wyneb ei dad a'i wddw'n ymestyn fel jiráff rownd y drws yn dweud rydan ni yma ichdi sti, dim otsh be; mi ddaw yna rywun arall. A gwên gam. Tyrd lawr rŵan i gael dy swper.

Dim ond un swper fydd yna heddiw, bobol, a hwnnw'r un olaf. A byffe bach neis i ddilyn; dowch, estynnwch am y sosej rôls. Heblaw, ac mae o'n meddwl wrth i'r gwynt roi hwb bach arall i lif yr afon, dwyt ti ddim yn nabod pobol go iawn, nag wyt; pwy a ŵyr be mae neb yn ei licio? Coesau cyw iâr efallai, lot ohonyn nhw.

Mae o'n oeri ac yn gwlychu, y llwybr yn mynd yn gulach, y coed yn dduach, yr afon yn fwy gwyllt. Mi hoffai o garu fan hyn, jest fel y snogiodd Peter Jêc a Petal Wynne ers talwm yn y dafarn o flaen pawb.

*

'Oeddach chdi 'di ecesitio, doeddat,' meddai hi, ei llygaid glaslyn yn sbio i fyny ac i lawr. Hoglau melys ei phersawr ar yr awel, hwnnw'n gwanwyno trwy'r ffenest agored.

Roedd hi'n un ar ddeg y bore. Dyma hi'n gwenu ond mi wyddai'r hogyn ifanc o'r gorau nad oedd hi wedi dechrau dod. Diferion dros ei dalcen, blew gwlyb ei frest yn oeri.

Mi dynnodd ei hun allan a dyma hi'n sbio'n ofalus i wneud yn siŵr nad oedd y rwber wedi torri. Mi fyddai hi'n gwneud hyn yn aml; roedd yr hogyn ifanc yn rhyw feddwl ei fod o wedi digwydd iddi o'r blaen.

Sythu ei gefn rŵan, i fyny ar ei bengliniau ar y soffa. Roedd hi'n dal i orwedd yno a'i choesau'n agored, yn dal i sbio i fyny ac i lawr. Y llygaid glaslyn yn blincio'n noeth.

Dyma fo'n estyn tishiws o'r bwrdd coffi gerllaw ac yn pasio'r bocs iddi hithau. Ac mae hi'n gwenu eto'r wên ryfedd yna: roedd yna rywbeth wedi symud y tu ôl i'r glaslyn; roedd yna shifft wedi digwydd yn rhywle er na wyddai'r hogyn ifanc yn union lle.

Aeth i nôl paned.

Pan ddaeth yn ôl o fod yn nôl paned roedd hi wedi dechrau gwisgo; coesau Petal Wynne yn dal yn llyfn oddi tani ar y soffa, ond ei thop a'i nicyrs amdani bellach. Wrth iddo fo roi'r paneidiau ar y bwrdd dyma hi'n estyn am ei jîns yn ogystal.

'Ti'm yn mynd rŵan?' holodd o, a chan ei bod hi wedi dechrau gwisgo dyma ddechrau teimlo'n chwithig ei fod yntau'n ddiddilledyn. Mi estynnodd am ei focsyrs a'i grys-T oedd wedi glanio draw wrth y teledu; y bocsyrs yn dal yn sownd yng nghoesau ei siorts.

Ddywedodd hi ddim byd, ddim tan i Peter Jêc eistedd i lawr wrth ei hochor ar y soffa a rhoi ei fraich am ei hysgwydd, a'r llaw arall i fyny'i fest er mwyn dechrau mwytho'i thethi o dan ei bra drachefn.

'Ddim 'wan, na,' meddai hi. 'Na.'

'Ond dwi'n gwbo nesh i'm ei neud o'n iawn i chdi,' meddai o. Ddywedodd hi ddim byd, dim ond ei wthio i ffwrdd yn ysgafn a throi ei phen tua'r ffenest, lle'r oedd yr awel yn dal i llnau'r llwch oddi ar y llenni.

Dyma hi'n cario'n ei blaen i wisgo amdani o ddifri bellach, sanau a jacet a'r cyfan lot.

'I lle ti'n mynd?' meddai o. 'Wti'n mynd rŵan go iawn?'

Dal i ddweud dim roedd hi, gan sbio'n drist hefo'i phen ar ogwydd, a gwenu'r wên od yna cto fyth.

'Pam nei di'm siarad?' holodd Peter Jêc yn dawel.

'Dan ni 'di cael y sgwrs yma, do,' meddai'r dylwythen deg, llygaid glaslyn yn blincio, yn gwenu'n rhyfedd a thrist. 'Ddylan ni ddim 'di neud hynna rŵan, ddim dyna pam ddesh i yma.'

'Ia ond ... Dwi jest ddim yn dallt,' meddai'r hogyn ifanc, a dyma hi'n ochneidio. Ei hysgwyddau'n disgyn, dwylo ar led, pen yn dal ar ogwydd ac yn ysgwyd fel petasai hi'n awgrymu nad oedd yna ddim ar y ddaear fawr sgwâr i'w ddallt.

'Dwi'n meddwl well i fi fynd, sti,' meddai a chodi, a chododd Peter Jêc hefyd a'i dilyn hi tuag at y drws. Dyma hi'n troi i'w gofleidio am y tro olaf ac wrth iddi wneud dyma glywed hogla'i phersawr a siampŵ ei gwallt a theimlo ymchwydd ei bronnau trwy'i chôt a Peter Jêc yn caledu yn ei focsyrs drachefn. Ac mae hi'n synhwyro hynny trwy ei jîns ac yn gwybod mai rŵan ydi'r amser i droi ac yn dweud tarâ, wela i di o gwmpas ocê, ac mae hi'n mynd allan am y drws a thrwyddo i'r haul.

Chwe mis yn ddiweddarach ac mae Peter Jêc drachefn yn ei focsyrs a'i grys-T ac eto ar ei ben ei hun ond mi fuodd ar ei ben ei hun trwy'r bore heddiw. Mae o'n estyn crys gwyn o'r wardrob a'i esgidiau a'i siwt ddu a thei. Dyna agor y llenni a gweld ei bod hi'n pistyllio; does ganddo fo'm côt daclus nac ymbarél.

Mae'n chwe mis yn ddiweddarach ond tydi hi ddim chwaith. Ddim mewn gwirionedd, ddim go iawn. Mae Peter Jêc wedi'i ddal ers y bore hwnnw o wanwyn mewn cylch lle safodd amser yn stond, lle daeth stop ar edrych ymlaen ac yn lle hynny does yna ddim ond edrych yn ôl a dim ond gorwedd yn ei wely'n ochneidio ac yn cwffio'r dagrau ac yn brwydro yn erbyn yr ysfa i'w ffonio neu yrru tecst.

Ac nid dawnsio i sŵn telyn y mae o fel yn yr hen straeon, ond sefyll (neu orwedd) yn ei unfan. Fel yr arhosodd y cloc y bore hwnnw o wanwyn, felly hefyd y llonyddodd ac y fferrodd ei fyd. Sy'n eithaf eironig achos ar ddansfflôr yng Nghaer-coll y gwnaethon nhw gyfarfod.

Roedd hi'n wir fod Abermandraw wedi denig o'r gwanwyn i'r haf i'r hydref, a bod hwnnw rŵan yn ei anterth gwlyb. Bod Premier Stores yn dal i daflu pobol i'r stryd fawr ac eraill yn dal i gael wêcs yn y Windsor Hotel. Y bysus yn cyrraedd ac yn gadael, yn union fel roedd y trigolion. Allech chi ddim cael diwrnod gwell na diwrnod cynhebrwng i dystio i hynny.

Ond roedd bywyd Peter Jêc wedi aros yn ei unfan yn y pwynt hwnnw chwe mis yn ôl pan gamodd hi trwy'r drws i'r haul. Ac yntau wedi'i ddal yn sownd yn ei chylch.

Wrth glymu'i dei, dyna weld trwy'r ffenest gip o afon Braw yn ewyn i gyd; honno'n dal i dyngu bod fory'n dilyn heddiw sy'n dilyn ddoe. Ond nid yn achos Peter Jêc.

Wela i di o gwmpas ocê, meddai hi. Doedd o ddim wedi'i gweld hi ers hynny a doedd o ddim isio mewn gwirionedd chwaith. Ddim a dweud y gwir, ddim yn nwfn guriadau'i galon. Ynteu, washi, a oedd o?

Mi wyddai y câi'r ateb heddiw. Doedd dim modd yn y byd iddo osgoi mynd i'r angladd. Ac roedd hynny'n golygu na fyddai modd i Peter Jêc osgoi gweld Petal Wynne y dylwythen deg chwaith.

*

Gair ichi am y pethau *really* anghofiedig yn Abermandraw.

Ymhell cyn bod si na sôn am dref Abermandraw fel tref, ac ymhell bell cyn i eiriau fel shbon-dwlala-lŵlish a shmaca-raca-rŵnsh ffeindio'u ffordd i mewn i'r geiriadur, roedd yna adeg o'r enw'r gorffennol yn bod.

Roedd pethau'n digwydd yn y gorffennol hwn, *big style*. O'ch cwmpas ym mhobman, amser yn gwledda arno'i hun wrth i ddiwrnodau ddawnsio i'w diwedd, wrth i'r boreau wawrio'n glystyrau gwlith bob dydd. Ond chofiai neb ddim byd am hyn.

Fel ym mywyd Peter Jêc, yn y gorffennol roedd pethau'n stopio. Ond yn ogystal â stopio, roedden nhw'n diflannu'n llwyr ar ôl tipyn, yn darfod ar ôl digwydd, fel y maen nhw'r funud hon. Yn mynd am byth i rywle na ŵyr neb lle. Dywedwch tarâ wrth eich rŵan!

Ar y bore Mawrth oer a gwlyb hwn o Dachwedd, doedd yr un adyn yn Abermandraw yn ceisio ymgodymu â'r pethau hyn; roedd yna gynhebrwng arall i'w gynnal ac roedd hwnnw'n ddigon o derfyn am y tro.

Tan fore trannoeth, hynny ydi, pan fyddai'r haul yn codi drachefn.

Slender Len

Cymer dy fywyd a'i fyw. Chei di ddim cyfle arall, mêt, yn Abermandraw na'r un twll tebyg. Hawlia'r dydd, gyfaill: neidia ar gefn dy geffyl a gwaedda, dos!

Ac mae o'n meddwl, ia, ond.

A'i dad a'i fam yn cael sgwrs yn y nos am be wnaeth o a be wnaeth o ddim ac yn torri calon fel maen nhw heddiw, o diar mi.

Abermandraw wedyn yn sibrwd pwll y môr yng nghlustiau'i gilydd: glywsoch chi am be wnaeth hwn yn y goedwig? Be oedd ar ei ben o? (Dail.)

Gewch chi'ch ffycin dail. Mae o'n sbio i lawr ar ei draed a'i esgidiau gwlyb sy'n dal i symud trwy'r gwair i gyfeiliant y glaw, lli'r afon yn atynfa yn y cefndir, a'r môr yn atynfa i hwnnw.

Fel mae'r bwcis yn atynfa i Slender Len. Sbïwch ar hwnnw'n sleifio o'r cynhebrwng i fynd i roi ffortiwn sydyn ar y 15.20 yn Doncaster.

Take me to the races, punk.

*

'Ma'r [amnaid] wedi bwrw'r ffan!'

'Sori?' holodd y dyn.

'Ma'r [amnaid] wedi bwrw'r ffan!' meddai'r ferch, yn fwy taer y tro yma. Roedd yr amnaid i fod i gyfleu rhywbeth yn amlwg.

'Smo fi'n diall,' meddai'r dyn wedyn.

'Yffach gols,' meddai'r ferch. 'Sdim i'w ddiall, w. Ma'r [amnaid] wedi bwrw'r ffan!'

Chwarddodd Slender Len. Dyna lle'r oedd o'n gwylio ailddarllediad o'r unig opera sebon oedd ar gael ar yr unig sianel y gallai o gael derbyniad iddi ar ei hen focs Freeview yn ei fflat. Ac roedd un o'r cymeriadau yn ceisio darbwyllo un o'r lleill bod rhywbeth wedi hitio'r ffan, ond yn amlwg yn methu ag ynganu na mynegi yn iaith y dydd be oedd hwnnw.

Wrth i'r dyn geisio cusanu'r ferch, mae hi'n ei wthio'n ei asennau, yn ochneidio ac yn edrych tua'r ffenest.

'Smo fi'n gallu neud hyn rhagor, Dan. Ma fe'n gwbod, w.'

Syllodd Slender Len ar y ddau; roedd yna rywbeth hynod o ddeniadol am yr actores ifanc. Hon fuodd ei ffefryn erioed. Agorodd gaead ei laptop gyda'r bwriad o deipio'i henw yn y chwiliwr.

Mor anghyffredin oedd hyn; ar fore dydd Mawrth

fel rheol mi fyddai yn ei ffedog oren yn llusgo palets o eil i eil, o silff i silff, mewn warws fawr lychlyd ar gyrion butraf Caer-coll. Yn tsiecio'r rasio ar ei ffôn. A rhyw gwpwl oedrannus yn bownd o'i stopio i holi lle'r oedd y paent.

'Draw fan 'co, 'co, lle ma fe'n gweud *paint*.' (Roedd yn arfer gan Slender Len siarad mewn acen hwntw pan fyddai'n cwrdd â dieithriaid, neu pan fyddai'n flin neu wedi gwylltio, neu'r ddau.)

Rhyw adeiladwr neu'i gilydd wedyn yn gofyn i le'r oedd y cyflenwad o *slotted round headed chrome woodscrews* 12.5mm wedi mynd; roeddan nhw yn fan hyn tro dwytha.

'Af fi i hôl y manajer nawr,' fyddai ateb parod Slender Len.

Taniodd rôli. Oedd, roedd cael diwrnod i ffwrdd ar ddydd Mawrth yn fendith, myn tad – claddedigaeth gont neu beidio.

'Smo hyn yn mynd i witho mas,' meddai'r ferch. 'Ma ddi drosto, Dan.'

Teimlodd Slender Len ei hun yn mynd yn galed.

'Sori?' meddai Dan, a gwneud wyneb arswydus ti'm-yn-dweud-wrtha-i-bod-hyn-yn-digwydd-go-iawn-wyt-ti?

'Fe yw ngŵr i, w. Alla i ddim 'i adel e jest fel'ny.'

A cheg Dan wedyn yn agor a chau fel pysgodyn a'r geiriau'n gwrthod dod, yn yr un ffordd yn union ag roedd yr hogan wedi methu â'i chael ei hun i ynganu 'cachu' neu 'shit' ddau funud ynghynt.

Roedd y laptop bron â chynhesu a dod ato'i hun pan ganodd y mobeil ar y soffa. 'Brenigs' oedd yr enw a fflachiai ar y sgrin. Tawodd Slender Len sŵn y teledu.

'Iawn mêt,' meddai wrth ateb.

'Iawn mêt,' meddai'r llais yr ochor draw. Wyddai Slender Len ddim ai Ronan ai Regan oedd yno; anaml y gwyddai neb.

'Ai mêt,' meddai Slender Len. 'Iawn?'

'Ti'n mynd i'r cnebrwng heddiw, mêt?' holodd y llais. 'Genna ni dipyn o gêr isio'i stashio.'

Llyncodd Slender Len ei boer. Oedd, roedd o'n mynd i'r cynhebrwng, ond …

'Jest aros i betha cŵlio lawr dani, mêt. Gei di rwbath am dy draffath.'

Doedd Slender Len ddim yn siŵr. Roedd cadw stash yn job beryg, rwbath am dy draffath neu beidio. A pham oedd y Brenigs yn ei dynnu fo i mewn i'w poitsh eto fyth?

Ond yna sbiodd ar y *Racing Post* ar y bwrdd o'i flaen.

'Ocê, mêt,' meddai. 'Os sy rhaid.'

'*Ma* rhaid, mêt,' meddai Ronan slash Regan. 'Ddown ni â fo i'r capal. Neith hyd yn oed copars ffor hyn ddim *searchio* fanno.'

A rhoddodd Ronan (neu o bosib Regan) y ffôn i lawr.

Erbyn rŵan roedd yr awydd am sgwd hefo fo'i hun wedi pylu; caeodd Slender Len gaead y laptop a'i roi o'r neilltu. Cododd y foliwm yn ôl ar y teledu wrth i'r credits ddechrau rowlio. Y bastads Brenigs yna; roeddan nhw hyd yn oed wedi gwneud iddo fo golli diwadd y sioe a chael godriad dros ei hoff actores.

Trodd ei lygaid at y calendr yn ei ffôn. Roedd hi'n ddydd Mawrth. Roedd yna fil band eang ar y silff ben tân, bil nwy ar y bwrdd bach a bil trydan ar y top yn y gegin. Roedd arno fo ddau gan punt ar lechan y pyb wrth y bont, a dros bum mil a hanner ar ei e-gyfrif hefo'r bwcis. Heb sôn am y 'lend' roedd Anti Marsi wedi'i roi iddo fo cyn mynd i Tenerife.

Roedd o'n teimlo fel y ddynas yna yn *Traed mewn Cyffion*, myn uffarn i.

Agorodd ei gyfrif betio ar ei ffôn a rhoi hanner canpunt ar Star of Rory yn y 11.50 yn Newbury.

Sbiodd allan wedyn trwy'r ffenast fudur lle'r oedd glaw Abermandraw yn taro'r stryd islaw. Afon Braw yn ewyn gwyn wrth lifo'n fygythiol dan y bont. Mi rynnodd – yn union fel y rhynnodd Star of Rory wrth adael y blocs a dod yn olaf ond un yn ei ras.

Meddyliodd Slender Len am ei dad a'i fam yn y fynwent; mi fyddai'n rhaid pasio'r garreg honno heddiw. A dyna pryd ddechreuodd o deimlo tro yn ei stumog wrth ddychmygu goblygiadau cael ei ddal hefo stash o gêr y Brenigs ddecllath o'r fan lle'r oedd cyrff canseraidd ei rieni yn huno mewn hedd.

Diffoddodd Slender Len ei rôli a thaflu'r stwmp i'r mŵg ar y bwrdd. Ffoniodd y Brenigs yn ôl.

'Iow,' meddai un o'r rheini wrth ateb – allai Slender Len ddim bod yn siŵr ai'r un un â'r tro cynt ynteu'r llall.

'Iawn mêt,' meddai Slender Len.

'Iawn mêt,' meddai un o'r brodyr.

'Hei gwranda, mêt,' meddai Slender Len, a'i lais yn crynu y mymryn lleiaf. 'Dwn i'm os dio'n beth call neud hyn heddiw sti, mêt. Sa unrhyw jans ...'

'Gwranda, mêt,' meddai Ronan neu Regan Brenig fel siot. 'Ti 'di neud y *deal*, mêt; welan ni chdi yn y cnebrwng. T'ra.'

Ac aeth y ffôn yn fud. Ochneidiodd Slender Len. Ei fai o eto am fod yn fyrbwyll. Cnodd ei foch wrth sbio ar y damp yn tynnu'r papur wal i lawr o gornel dop y stafell. Tasa fo jest wedi dweud na yn y lle cynta.

'Y twlsyn twp,' meddai'n uchel wrtho'i hun.

Dechreuodd waredu fod yr angladd yma o'i flaen o gwbwl. Mi fasai'n well ganddo fo fod ar lawr y warws, myn uffarn, rhwng y planciau pren a'r polion, rhwng y tŵls a'r teils, heb ddim ond sŵn traffig y briffordd i Abermandraw i darfu ar undonedd y dydd.

Aeth o drwodd i'w lofft i ddechrau newid. Wrth daflu'i ffôn ar y gwely, sylwodd o ddim ar hwnnw'n cynhyrfu'r mymryn lleiaf y tu mewn iddo; roedd CID Caer-coll newydd roi'r gorau i wrando.

Yn union fel na fyddai'r teithiwr talog cyffredin wedi sylwi – wrth i Slender Len gamu i'r stryd yn jacôs yn ei siwt – mai person wedi'i ddal rhwng yr awydd i fyw i'r funud a'r poeni enbydus a ddôi yn sgil gwneud hynny oedd Slender Len yn y bôn.

Ac wrth gwrs, adict gamblo mewn clamp o dwll, myn diawl.

*

Gair ichi am yr heddlu yn Abermandraw.

Doedd yna ddim stesion yn y dref, wrth reswm. Roedd honno wedi cau ers blynyddoedd, yn sgil y toriadau. 'Mae'r toriadau'n anochel,' meddai'r gwleidydd oedd yn gyfrifol am yr heddlu ar y pryd.

Ond mi gaen nhw'u galw draw o'u pencadlys yng Nghaer-coll yn amlach nag y bydden nhw'n ei ddymuno: hynny fel rheol pan oedd gŵr yn bygwth lladd ei wraig, neu wraig yn bygwth lladd ei gŵr, neu'r ddau yn bygwth lladd ei gilydd ar yr un pryd.

Fel arfer, ar y stad o dai a gynhelid gan y gymdeithas dai leol y digwyddai hyn, yn hytrach nag yn ardaloedd brafiach y dref. Roedd tuedd gan barau priod y parthau hynny i gadw'r bygythiadau i ladd ei gilydd yn dawel y tu ôl i'w ffenestri gwydr dwbl.

Gan mai prin iawn oedd poblogaeth Fwslemaidd Abermandraw, go ddi-stŵr oedd hi ar heddlu'r fro fel arall. Mi fydden nhw'n lladd amser felly trwy eistedd y tu allan i'r tafarndai yn eu faniau, gan drio pryfocio'r meddwon i ymddwyn yn wyllt.

Tacteg lwyddiannus oedd hon, yn arwain at arestiadau'n ddi-ffael. Ac fe rôi ymdeimlad mawr o foddhad a *job-well-done* dros y gymuned ar ddiwedd y shifft. Gorau oll pe gallen nhw ffeindio ychydig bach o ganja mewn poced jîns i roi ychwaneg o ddifrifoldeb i'r cyfan.

Heblaw am hynny, mi dreulien nhw'u horiau yn hiraethu am eu plentyndod yn Runcorn ac yn dysgu sut i ynganu enwau'r mân ddrwgweithredwyr lleol yn gywir, neu'n anghywir.

'*These Briaenick brothers. Where does that come from then?*' mi'u clywech chi nhw'n holi, '*And how the hell do you pronounce Slender Len?*'

Am y swyddog CID oedd yn tapio ffôns y brodyr Brenig – roedd gan hwnnw bethau llawer gwell i'w gwneud a dihirod mwy i'w dal. Ond roedd clustfeinio ar y rhain, rywsut rywfodd, yn haws.

Madam Sybille

Be ŵyr neb am ffyrdd y ffurfafen? Am oraens y lleuad a grawnsypiau'r sêr, am y pethau yna sydd wedi'u hen benderfynu cyn i chdi gachu am y tro cynta yn dy glwt?

Am hyn mae o'n meddwl wrth edrych ar y coed o'i flaen ac ar y brigyn mawr o dras, wrth bendroni i le ar y ddaear fawr sgwâr mae o'n mynd nesa.

Wel i ddim byd a nunlle wrth gwrs, i'r llonyddwch mawr fydd yn change *o ruthr afon Braw a'r cawodydd dail gerbron.*

Mi fydd y Madam Sybille yna'n dallt yn iawn. Mi welodd hi'r cyfan ar gledr ei law: sbïwch, fan yma mae'r llwybr yn stopio fel roedd pawb yn gwybod o'r cychwyn un.

Mae hyn wedi digwydd yn barod; does dim modd ei newid er mai yn y dyfodol y mae o'n bod.

Mae o isio siarad hefo'i fam a'i dad i egluro. Ond hei, chill man, *os ydyn nhw'n rhieni iawn yna mi fyddan nhw'n dallt; dagrau fel pistyll dŵr neu beidio.*

Ac mi fydd yna bobol hefo nhw'n dal eu dwylo; pawb yn gorymdeithio i'r Windsor Hotel er mwyn rhoi ar waith yr hyn sydd wedi bod yn wincio yn y wybren ers cyn cof.

*

Yn yr atic yr oedden nhw'n byw. Mewn cwpwrdd yn y to, a chlo arno y gallech ei gau o'r tu allan. Nid bod angen defnyddio hwnnw bob amser; roedden nhw wedi hen ddod i dderbyn bellach mai yno yn y cwpwrdd roedd eu lle.

Heddiw, roedd Madam Sybille wedi dod â nhw i lawr i'r lolfa ac wedi eu leinio mewn rhes wrth y lle tân.

'Wel yn tydi heddiw'n ddiwrnod torcalonnus,' meddai. 'Cynhebrwng arall yn yr hen dre yma a phawb o'n cwmpas ni yn benisel fel tasan nhw erioed wedi gweld y ffasiwn beth o'r blaen.'

'Mae'n drist iawn, Madam Sybille,' meddai Nigel, y pensiynwr mewn siwt a thei hen ffasiwn. (Neu meddai Madam Sybille yn hytrach, ond gan ddynwared llais gwichlyd Nigel a thynnu'r llinynnau i wneud i hwnnw ddawnsio.)

'Mae'n *too bad*,' meddai Madam Sybille gan ddynwared llais dyfn Jack Doe wedyn, canwr jazz Affricanaidd-Americanaidd (hynny ydi, dyn du); hwnnw bellach yn dawnsio hefyd. '*Too bad, man.*'

'O mae'n biti, piti piti piti garw,' llefodd Henrietta Mai, yn llais plentyn diniwed Madam Sybille, a phigtêls melyn honno'n bownsio yn ogystal, fel y gwnâi ei ffrog.

'Yndi tad,' meddai Madam Sybille, yn ôl yn ei llais hi'i hun bellach a'r pypedau'n gorffwys wrth y grât, 'ond allan nhw ddim deud nad oeddwn i wedi gweld hyn yn dod. Dowch i ni fynd i sbio ar y cardiau yna eto.'

Ac yno ar fwrdd bach yn y gongol, ar liain taclus gwyn, gorweddai'r cardiau Tarot yn union fel roedd hi wedi'u taenu nhw bythefnos a mwy yn ôl. Doedd hi ddim wedi'u cyffwrdd ers hynny: ddim ers dod i stop sydyn pan sgrechiodd y rheini mor glir â chloch fod glyn cysgod angau ar fin ymweld ag Abermandraw drachefn. Roedd hi ar y ffôn o fewn dau funud.

'Mr Arthritis Huws y Gweinidog?' meddai, ar ôl i hwnnw ddweud helô blinedig. 'Madam Sybille sy 'ma. Byddwch ar eich gwyliadwriaeth, a byddwch yn barod. Mae'r bastad peth ar ei ffordd yn ôl eto fyth.'

'Diolch i chi am roi gwybod, Madam Sybille,' meddai'r Parchedig Arthritis Huws yn syrffedus, wedi hen arfer â'r galwadau hyn yng nghanol nos. 'Nos da rŵan.'

'Ond na,' meddai Madam Sybille wrth ei phypedau, 'roedd o'n meddwl mod i'n wallgo, yn toedd? Er bod yr hen dylluan yna wedi bod yn twit-hwtian uwchben coed afon Braw ers dyddia.'

Disgynnodd distawrwydd dros y lolfa a syllodd Madam Sybille ar Nigel, ar Jack Doe ac ar Henrietta Mai. Syllodd y rheini yn ôl. 'Be ti'n feddwl, Neijal?' holodd hi ar ôl tipyn.

Daeth Nigel yn fyw. 'Mae'n unig yma heb Mr Sybille,' meddai yn ei lais gwichlyd, gan ddownsio eto ond ddim mor sionc ag o'r blaen. 'Dwi'n gweld ei golli, yn gweld ei golli'n fawr, Madam,' meddai wedyn.

'A finnau M'aaam,' meddai Jack Doe'n sydyn, yn ei lais dyfn, araf o'r *Deep South*. 'Petai o ond yn ôl yn y gadair yna fel ers talwm. Cawson ni lot o hwyl, y ni a fo. *We had fun, man.*'

'Be amdanat ti, Henrietta Mai?' gofynnodd Madam Sybille.

'Mae'n biti,' atebodd Henrietta Mai yn wylofus, 'piti piti piti garw nad ydi Mr Sybille yn dal o gwmpas i gadw cwmni i ni ac i gadw cwmni i chitha.'

A chollodd Madam Sybille ddeigryn bychan bach a damio'i hun am y miliynfed tro mai marwolaeth ei gŵr oedd yr unig un iddi fethu â'i rhagweld mewn deng mlynedd ar hugain o ddarllen y cardiau yn Abermandraw.

'Ond dyna fo,' meddai Madam Sybille, yn ei llais hi'i hun, ar ôl tipyn. 'Does fiw codi pais. Mae'n well imi fynd i ffarwelio hefo fo, fel ma pawb arall yn yr hen dre i'w gweld am neud. Fyddwch chi'n iawn fan hyn hebdda i am sbel?'

Aeth i'r cyntedd i nôl ei hymbarél, ei mwclis a'i sgarffiau sidan yn sisial dan ei chôt ar ei hôl. Wrth iddi gamu allan i'r glaw, rhoddodd Jack Doe winc slei ar Nigel. Sbiodd hwnnw ar Henrietta Mai, a daeth gigl fach o'i cheg cyn i'r drws ffrynt gau.

*

Gair ichi am yr arallfyd yn Abermandraw. Pa arallfyd? Doedd ysbrydion ddim yn bod, yn union fel nad oedd pypedau'n gallu chwerthin.

Eto i gyd, nid Madam Sybille yn unig oedd o'r farn fod yna rywbeth ddim yn iawn am y ffordd roedd y coed uwch afon Braw yn tywyllu gyda'r nos.

I lawr wrth y glannau, lle'r oedd y llwybr yn culhau'n raddol a gwrychoedd yn cau rownd eich sodlau, a brigau a drain yn crafu gwallt eich pen, y teimlad pendant a gaech oedd nad oeddech chi ar eich pen eich hun. (Neu, yn yr un modd, y teimlad hwnnw fod rhywun arall o gwmpas.)

Pan fyddai'u plant yn sgrechian neu'n ffraeo, neu'n sgrechian ac yn ffraeo, neu'n swnian am hufen iâ a dim pres yn y cadw-mi-gei i fynd i Spar i'w nôl, i'r fan hon y byddai rhieni'n bygwth mynd â'u hepil am dro. A'u gadael yno yng nghwmni'r ewyn a'r lli am byth.

A hithau'n olau leuad, a nosweithiau'r gwanwyn yn lliw gwin, roedd hen goel y gwelech chi'n y fan hon dylwythen deg yn dawnsio; gwae chi pe caech chi'ch denu gan ei phetalau a'ch dwyn i mewn i'w chylch.

A chodi'r cryd yn ogystal a wnâi ambell freuddwyd y byddai trigolion Abermandraw yn ei breuddwydio am ei gilydd, am gyrff ei gilydd, ac am sgyrsiau rhybuddiol hefo Duw. Yn enwedig pan fyddai elfennau o'r breuddwydion hynny'n dod yn wir gefn dydd golau lachar lon.

Y casgliad terfynol oedd bod Abermandraw yn dref o gyd-ddigwyddiadau a déjà vus tra anarferol, ac yn un a oedd yn dragywydd dyst i chwaon rhyfedd o wynt. Arallfydol: efallai ddim. Anesboniadwy: yn bendant, oedd.

Bismarc Lewis

Wrth i'r gwynt hambygio'r gwrychoedd drain ac wrth i'r rheini grafu'i aeliau, mae o'n sbio i fyny ar y cymylau trwy'r coed. Ac yn meddwl: i ba bryd y basa fo'n mynd yn ei ôl i wneud i hyn beidio â digwydd?

Does yna ddim cloc ar y llwybr wrth yr afon, na chalendr chwaith, felly dydi o ddim yn siŵr. Dim syniad, mêt – pass.

Un peth mae o yn ei wybod: mae Abermandraw o'r tu cefn yn ei wthio a'r coed ar y glannau'n tynnu a does yna ddim stopio hyn, fy nghyfeillion annwyl. Ddim hefo'r glaw yma fel mae o, ddim hefo'r brigyn mawr yna'n dweud helô, a phwy wyt ti?

A syniad gwirion ydi troi yn dy ôl beth bynnag.

Bismarc Lewis: fedrodd hwnnw ddim troi'n ei ôl wrth yrru'r fan yna i lawr y lôn. Shit happens, baby, *a phan mae o'n digwydd mae'n rhaid ichdi gael dy doilet rôl yn barod neu mi fydd yna lanast ar dy din.*

Un peth sy'n sicr: elli di ddim stopio dy hun rhag bod wedi cachu ar ôl i chdi wneud.

*

Byth ers iddo fo hitio yr hogan yna i lawr oddi ar ei beic – a'i lladd – doedd bywyd Bismarc Lewis ddim wedi bod yn hawdd.

Roedd o'n dal i'w gweld hi bob dydd yn grwn, o fore gwyn tan nos. Wrth syrffio'r we ac yn y siop. Yn y pyb neu'n mynd ag Alff am dro. Wrth brynu *Golwg* o Londis neu'n ordro *King Prawn Balls* neu *chips* o'r Hung House.

Poen yn din oedd byw bywyd a chdithau wedi hitio hogan oddi ar ei beic a'i lladd, hefo fan, yn y fan a'r lle.

Un dydd roedd Bismarc wedi mynd i roi bet ar geffyl. Enw'r ceffyl a enillodd y ras – heb i Bismarc hyd yn oed sylwi ei fod yn rhedeg – oedd Megany. Wrth gwrs, Megany oedd enw'r ferch fach y lladdwyd hi slap-bang-walop gan Bismarc Lewis yn ei dransit glas. Ac yntau'n rhwygo'i slip betio yn ei hanner, dyna hi unwaith eto'n chwyrlïo trwy'r awyr – wî-hî, wî-hî – ac yn landio wrth y peiriannau arcêd yn farw ulw gelain gorn.

'Dos adra, Bismarc,' meddai Heather ei chwaer o'r tu ôl i dil y bwcis. 'Neu dos at y doctor i ofyn am ffycin help.'

'Ie, Bismarc, cer gitre'r jiawl,' meddai Slender Len, oedd newydd golli wyth deg punt ar y 13.15 yn Goodwood.

Un diwrnod, myn tad, roedd Bismarc wedi mynd â'i siwt i'r *launderette* yng Nghaer-coll ac roedd pen Megany (y ferch farw, nid y ceffyl) yn troi rownd a rownd yn un o'r peiriannau. Roedd y gnawes hyd yn oed yn gwenu'n wyrdroëdig wrth i'r ffroth ddylifo o'i cheg, a'i llygaid yn sbinio fel top. 'Wi-hi, wi-hi' oedd ei chri rhwng y trôns a'r sanau budron.

Aeth Bismarc at yr hen wraig oedd yn rhedeg y *launderette* i gwyno.

'Sbïwch wir Dduw,' meddai, 'mae'i pen hi yn y peiriant ac mae'r gont yn ffycin chwerthin arna i hefo'r dillad isa!'

'Sut ddiawl gyrhaeddodd hi fanno?' holodd hen wraig y *launderette* cyn mynd i'r cefn i blygu dillad.

Wrth gwrs, nid wrth grwydro strydoedd Abermandraw neu Gaer-coll yn unig y digwyddai hyn. Adre o gwmpas y fflat roedd pethau cynddrwg os nad gwaeth. Wel, gwaeth. Ie, gadewch inni ddweud yn bendant eu bod nhw'n waeth.

Ac un o'r pethau amlwg a'u gwnâi nhw'n waeth oedd y wŷs i'r llys ar y silff ben tân. Roedd hi wedi bod yn gorwedd yno ers deufis a dim ond pythefnos oedd bellach i fynd. Wrth edrych arni heddiw – cwmwl du o amlen, cysgod angau o beth – dechreuodd calon Bismarc guro drachefn. Dyna'r chwys wedyn yn tasgu'n oer o'i arleisiau. Brawychodd am y milfed tro wrth feddwl y gallai dreulio bore Dolig mewn cell dywyll ddu, neu'n waeth, yn cael ei sodomeiddio yn y cawodydd.

Ond eto, mewn cell dywyll ddu roedd Megany am byth – hyd yn oed os nad oedd yna jans i neb ei sodomeiddio hi yn fanno. Disgynnodd Bismarc yn ddiymadferth ar y soffa a chladdu'i wyneb yn ei ddwy law.

Bu yno am chwarter awr go dda cyn cofio'i fod o angen llefrith.

'Tyd, Alff,' meddai Bismarc, a dilynodd Alff (Alff y ci) Bismarc trwy ddrws y fflat am Spar.

Pwy oedd yn Spar yn prynu ffags – na, nid Megany fel mae'n digwydd bod, roedd honno'n cuddio y tu ôl i'r bocsys crisps heddiw – ond Slender Len, hwnnw mewn siwt gladdu.

'Smart, Len,' meddai Bismarc wrth syllu arno fo rhyw fymryn yn syn.

'Cnebrwng dydi, mêt,' meddai Slender Len, fymryn bach yn fwy syn. 'Ti'm yn mynd, mêt?'

'Yndw, mêt,' meddai Bismarc yn fwy syn byth (ond dan geisio cuddio hynny). 'Mynd i newid ŵan. Wela i di yna, mêt.'

A dyna galon Bismarc yn mynd fel gordd a'r chwys yn llifo drachefn. Roedd o wedi anghofio popeth.

Bolycs; ffyc mi pinc: yn toedd marwolaeth yn bob blydi man o'i gwmpas?

Gadawodd Spar a dyna lle'r oedd Megany'n gwenu'n gam wrth y pacedi Monster Munch. Y tu allan roedd afon Braw'n cael stid go iawn gan y glaw. Sblodd Bismarc ar y coed yn y pellter a meddwl am y brigau a'r carchar, am y crogi a'r sodomeiddio, a thrio penderfynu pa un oedd waethaf o'r ddau.

Ar ôl cyrraedd yn ôl i'r fflat, syrthiodd ar y soffa eto a rhythu ar yr amlen ar y silff ben tân. Dechreuodd o ail-fyw'r eiliadau hynny fel roedd o wedi gwneud bob awr o bob dydd ers y diwrnod ei hun.

Wrth ddreifio'i dransit glas yn bwyllog i lawr y lôn, mi dyngai Bismarc na welodd o ddim, dim ond yr hyn roedd o'n ei weld wedyn, sef rŵan, sef treisicl pinc a gwyn yn ddarnau plyg o fetal, a hogan fach yn gorwedd yn llonydd ar y llawr o'i flaen.

Ond roedd yna fersiwn arall hefyd, yr un a gadwai Bismarc i droi a throsi hyd oriau mân y bore'n cyfogi'n wag. Sef y transit glas yn ei tharanu hi a Bismarc prin yn edrych ar yr hyn oedd o'i flaen. Clec, wac, penglog rhacs. Ar dy ben i'r jêl, washi. Sgen ti *lube* i'r tin yna?

Sychodd Bismarc ei dalcen gan ei bod hi'n amlwg o'r wŷs ar y silff ben tân pa fersiwn roedd yr heddlu'n ei goelio, yn toedd, Bismarc Lewis, y llofrudd plant bach llwfr diawl?

Petai ond, petai ond, petai ond. Ac roedd Bismarc erbyn hyn yn syllu ar yr holl olygfa oddi fry, yn gweld ei hun yn camu o sêt y gyrrwr a'i ben yn ei ddwylo a ffrwd goch, dywyll yn llifo fel un o darddnentydd afon Braw o dan y beic.

Heb iddo sylwi, roedd y dagrau wedi dechrau powlio eto a'r panig wedi ailgydio. Bron na allai Bismarc deimlo'r drychiolaethau yn symud hyd y fflat; swyddogion y carchar yn dod i'w nôl wrth i sgrech fud Megany atsain o'r parwydydd. (Wnaeth hi, hyd y gallai Bismarc gofio, ddim smic o siw na miw cyn taro'r llawr. Ond byddai hi'n dal i weiddi 'wî-hî, wî-hî' yn yr hunllefau.)

Anadlodd Bismarc yn ddyfn a mynd i estyn ei siwt o'r wardrob. Ystyriodd yn sydyn: y tro nesa y byddai'n gwneud hyn fyddai mewn pythefnos cyn y daith i'r llys. Damia ulw lân, meddyliodd, roedd hynny'n golygu trip arall i'r *launderette* yng Nghaer-coll.

Newidiodd i'w ddillad cynhebrwng ac estyn ei ymbarél. Fel roedd o'n anelu trwy'r cyntedd am y glaw, gwelodd gysgod y postmon yn pasio ac yna *Barn* yn landio ar y mat. Ar y clawr, gwenai Megany ei gwên ryfedd o glust i glust, a rhimyn o waed yn diferu o un o'r rheini.

*

Gair ichi am y pethe yn Abermandraw.

Os oedd Bismarc Lewis yn foi am brynu *Golwg* a *Barn* – os nad am eu darllen – yna tipyn o eithriad oedd. Doedd hyd yn oed ysgolion cynradd y cylch ddim yn gwneud caneuon actol ddim mwy.

Roedd y canwr slash terfysgwr o Nebo yn dal i fynd, yn union fel yr un oedd yma o hyd (terfysgwr arall). A'r ŵyl gerdd dant yn denu tyrfaoedd yn eu miloedd. Ond am weddill y pethe, llwm. Gwael. Tlawd. Lle mae'r ffermwr yna o Ryd-y-main pan ydach chi angen disgrifio rhywbeth yn iawn?

Gwell o lawer gan bobol Abermandraw na dos o ddiwylliant oedd dos o Ddiafoliaid y Felan ac mae hynny'n dweud lot.

Dim ond pobol fel Slender Len oedd yn gwylio operâu sebon mwyach; ystyrid *chick-lit* gyfystyr â darllen y *Goleuad*. Doedd neb yn gwneud pice ar y maen; crisps oedd pob dim i bawb.

Roedd y byd a'i nain erbyn hyn yn byw eu bywydau ar y cyfryngau cymdeithasol, a phrin fod pethe yn y fan honno siŵr iawn. Oedd, roedd pethau a'r pethe wedi mynd i'r gwellt.

Yn fas ac yn ddisylwedd, a dim ond afon Braw yn yr holl ardal yn ddyfn.

Hakan a Demir (a Mr Wong)

Hen gnonod yn y bol, mi wyddoch eu teip. Pilipalas hefyd ac mae o'n eu teimlo nhw'n cael picnic yn y perfeddion. Mis Tachwedd neu beidio, mae'r ieir bach digywilydd yn gloddesta ar bwll ei stumog. Honno'n wag fel stumog tramp.

Tasa fo jest yn gallu eu cyfogi nhw allan fan hyn ar y lan; fasan nhw'm yn para pum munud yn y gwynt.

Mae o'n meddwl am y bwyd yn y wêc, y crisps a'r brechdana past samwn a berwr y dŵr yn gynffonnau penbyliaid dros bob man. A sut y bydd pawb jest isio denig i'r Chinese neu'r Kebabs i gael sgram go iawn.

Y brigyn yna: mae o'n dod yn nes.

Dim ond i'w wthio allan o'u tinau'n y bore, gan greu hoglau mawr dros bob man.

*

Credwch neu beidio, roedd yna fanteision gweithio mewn siop *kebabs*. Rhai anuniongyrchol, mae'n wir, ond manteision oedden nhw serch hynny. A'r pennaf o blith y manteision hyn oedd saim. Saim ar y waliau, saim ar y llawr. Saim ar y dillad, saim ar y croen. A ganol berfedd nos, yn eu fflat fechan uwchben eu rhosty rhad, dyma'r saim a'i gwnâi hi'n hwylus i Hakan a Demir stwffio'u cociau y naill yn nhin y llall a charu.

Pwy oedd angen potel o *lube* pan oedd haen weddilliol o *rapeseed oil* yn gwneud y job yn iawn?

Yn ogystal â doners, roedd Mandraw Kebabs yn gweini shishs – y dewis iachach. Arallgyfeiriwyd hefyd i fyd pizzas, byrgers a *chips*. (Dim ond fod pawb yn cydnabod fod *chips* Mr Wong yn yr Hung House dros y ffordd yn well, yn fwy fel *chips* cartra t'mbo, hyd yn oed os oedd yna flas soi sôs a *monosodium glutamate* ar y rheini.)

Rŵan, ychwanegwch at y cyfan uchod bwysigrwydd paceidiau o grisps ym mwydlen y fro – pen-conglfaen pob bwffe a greodd Marsipan Morris erioed – yna teg dweud bod yr opsiynau gastronomegol yn Abermandraw bron mor gymhleth â'r bobol oedd yn dibynnu arnyn nhw am eu maeth.

Ffaith ddisgwyliedig, ond gwir, ydi mai dim ond un peth oedd ar feddwl y boblogaeth wrth ordro eu tamaid o Mandraw Kebabs. Mwslims. Tasan nhw ddim yn styc y tu ôl i'r cownter yna, mi fasan nhw'n hawdd yn gallu torri'n pennau ni i ffwrdd hefo'r sleisydd cig y munud hwn.

Ond trwy lwc i Hakan a Demir, roedd yr archwaeth am garbohydrets mewn polyester bob tro'n drech nag unrhyw ystyriaethau terfysgol o'r fath. Yn enwedig ymhlith y trigolion a oedd newydd droi'n llwm neu'n llymach eu gwedd yn y potesdai. Ac yn sgil hynny, oherwydd y newyn hwn, go lewyrchus oedd hi ar Hakan a Demir a'u busnes Mandraw Kebabs Ltd, Abermandraw, *open seven nights a week, all meat non-halal.*

Nawrte, gan nad oedd hyd yn oed gwehilion Abermandraw yn bwyta'r cyfryw ddoners cyn pedwar o'r gloch (y prynhawn; mae hi rŵan yn fore dydd Mawrth ym mis Tachwedd), roedd Mandraw Kebabs ar yr eiliad hon yn ei hanes ar gau. Roedd Hakan a Demir ill dau ar eu laptops yn eu fflat, ar eu gwely, newydd orffen caru hefo help haen weddilliol o saim ar eu croen.

Waeth heb i neb â chlustfeinio; mae eu hiaith yn anghyfarwydd, fel y mae lliw eu croen a'u crefydd. Ond, hefo mymryn o grebwyll, a thalp o ddyfal donc, nid gwaith anodd ydi olrhain trywydd eu sgwrs.

'Ffycin hel, Demir, mae'r signal we yn y bastad tre yma'n shit.'

'Dwi'n gwbod, Hak, dwi'n trio ordro tyrban newydd o Istanbul ond dydi'r bastad peth ddim yn gweithio.'

'Ffycin shit o dre yndi, ddylan ni ofyn i Abdul ddod yma hefo'i fest.'

'Geith o ddechrau off yn y Windsor Hotel. Ma'r ffocin landlord tew 'na 'di byta digon o'n shit ni i ecsplodio'i lanast reit draw i Gaer-coll.'

'Ydi'n amsar mynd i weddïo, dwa?'

'Ta well inni ffonio Rashid yn Irac?'

'Ella well i fi gael shower, dwi heb gael un ers wythnos.'

'Pythefnos i fi.'

'Estyn y Koran, Dems, inni gael stori.'

'Nai'n munud. Dwi'n emeilio Yasser yn Syria.'

'Cofia fi ata fo, ac atyn nhw. Chest ti'm lwc efo'r tyrban felly?'

'Ffycin signal shit.'

'Ffycin tre shit.'

'Dwi'n mynd i nôl mwy o fyrgers ceffyl o'r cefn.'

Ond yn annisgwyl, nid yn y modd hwn, nac yn y dull yma, yr oedd Hakan a Demir yn ymgomio. Doedden nhw ddim yn dilyn Islam, chwaith. (Sut allen nhw; yn toedden nhw'n gê?)

Na, siarad oedd Hakan a Demir yn eu fflat ar eu gwely am yr hyn y bydd dau gariad yn paldaruo amdano ar foreau Mawrth drwy'r tir: eu nos a'u dydd, sbia ar hwn ar Faccbook, eu hofnau a'u gobeithion. Ac mae'r signal we yn y dre ma'n shit.

Mae'n debyg hefyd eu bod nhw'n sôn rhyw gymaint am bolisi diweddara'r gwleidyddion, oedd wedi gwrando ar y bobol, oedd wedi gwrando ar y papurau newydd, a phenawdau dyddiol y rheini'n galw am eu deportio i Wlad Pwyl neu un o'r lleill.

Ac i roi'r darlun yn gyflawn, wrth archebu ei swper cynnar o *large doner kebab with chilli sauce and garlic mayo and extra large chips and coke, and extra onion rings and garlic bread*, roedd Ffatibwmbwm Tilsli wedi sôn wrthyn nhw neithiwr fod te claddu yn y Windsor Hotel yn y pnawn. Mi allen nhw ddisgwyl nos Fawrth brysurach na'r arfer o'r herwydd. Ac o'r herwydd, ac felly, roedd Hakan a Demir hefyd yn trafod y stoc a'r cloc a thro pwy oedd hi i wneud y llnau cyn agor.

Ond yn bennaf oll, siarad am ei gilydd oedden nhw, neu hefo'i gilydd, fel cariadon ifanc ar hyd a lled y wlad, a phefr yn dychwelyd i'w llygaid wrth ddechrau anwesu'i gilydd drachefn.

A'r peth rhyfeddaf, syndotaf am y stori hon i gyd? Doedd gan drigolion Abermandraw mo'r syniad lleiaf am hyn; roedden nhw'n argyhoeddedig eu bod nhw'n ddau frawd.

*

Gair ichi am Mr Wong o'r Hung House – *immigrant* arall. Un ddim cweit yn iawn; doedd o erioed wedi bod, fyth ers i'w dad ei hitio ar ei ben hefo woc pan oedd o'n bedair oed. (Ydi, mae'r tramorwyr yma'n gwneud pethau dieflig iawn i'w plant.)

Ond mewnfudwr ddim yn iawn neu beidio, dyma ichi'r gair am Mr Wong. Yn ogystal â *chips* go debyg i *chips* cartra, roedd Mr Wong yn gwneud *sweet and sour sauce* tra amheuthun, a *King Prawn Balls* gyda'r gorau yn y wlad.

Sut yn union y gwyddai pobol hyn, doedd neb yn siŵr. Mr Wong yn yr Hung House oedd yr unig un a wnâi *King Prawn Balls* o fewn radiws o drigain milltir. Ond gwir oedd y gair, a'r gair yn efengyl.

A'r efengyl orau o'r cyfan am Mr Wong a'i *King Prawn Balls* oedd hong. Sori, hon.

Pan ddaeth criw o Saeson at ei gownter un noson a dechrau gwneud hwyl am ben ei ffordd rong o siarad, gwrthododd Mr Wong â'u syrfio.

'*Fuck off to where you come from you twats!*' poerodd. '*And you can go and suck my King Prawn Balls!*'

Na, doedd Mr Wong ddim wedi bod yn iawn fyth ers cael ei daro ar ei ben hefo woc yn bedair oed.

Ond chaech chi'r un pryd pysgod gwell drwy'r wlad, hyd yn oed o roi gwialen yn afon Braw eich hun. A doedd neb yn gwneud hynny ddim mwy.

Diafoliaid y Felan

Roedd ddoe'n ddydd Llun, mae fory'n ddydd Mercher. Ond weithiau yr un math o ddiwrnod fydd pob un, hynny ydi, torcalonnus a shit, methiant a fflop, crap a digysur. Hynny bob hirddydd haf, bob byrddydd gaeaf, bob ffycin awr o'r wythnos.

Mae o'n meddwl am y lluniau sy'n y pen; llun o'r fory sydd byth yn dod; yr haul sydd byth yn codi; y goflaid na chei di ddim.

Ac am y band uffernol yna, yn ymddangos yn y wêc i ganu'r gìg gwaethaf a ganodd neb mewn unrhyw de claddu yn y byd erioed.

Mae o'n colli deigryn wrth feddwl am hyn, ond wedyn sut mae mesur llwyddiant a llawenydd (heb ddiwedd), punk?

Trwy'r glaw ar y glannau, mae'r boncyff a'r brigyn yn dod yn nes. Seiniwch yr utgyrn, neu o leiaf y gitârs.

*

Mae yna *blues* ac mae yna *blues*. Ar y foment benodol hon yn yr hanes, sef dydd Mawrth oer a gwlyb ym mis Tachwedd, roedd Diafoliaid y Felan yn diodde'n go ddifrifol o'r ail.

Ond mi fyddech chithau hefyd, chwarae teg. Yn cyrchu tref Abermandraw yn y fath dywydd. Symbalau'n clindarddach yn y cefn; ampiau gitâr blith draphlith dros y seti. Lot o wallt ym mhobman, hetiau *beanie*; mi wyddoch eu steil. Tipyn o fwg yn diflannu trwy'r ffenestri.

Mae hi'n stori drist, os nad distaw. A llinell fas boenus yn ddwbwl trwbwl dan y cyfan.

Sbïwch arnyn nhw heddiw, at y drin yn troi eto draw. Yn ymbaratoi'n feddyliol at hamro'r Jack Daniels ar y ffordd adre heb chwydu dros y bws mini *24-hour-rental* o Landygái.

Mi ddaw acen Cofi ffug o'r cefn.

'Iawn, Ifs? Sgen ti reu i fi?' (Yr oslef yn anwydog, malwennaidd, marwaidd, bôrd.)

'Oes, mêt,' meddai Ifs. 'Gen i rwla de. No wyris.' (Pe bai o'n llusgo'i eiriau mwy mi fyddai'i wddw'n slej.)

'Aidîal, mêt; reu.' (Stryglo i siarad go iawn rŵan; felly yn y blaen o hyn allan.)

'Cŵl, mêt. Sbia'r glaw 'na, mêt. Ffycin nyts.' (Mae'n wir; roedd o'n Dexas Floods o nyts.)

'Ffycin nyts yndi. Diolch am y reu mêt, aidîal.'

'No wyris mêt.'

'Sgen ti rislas hefyd, mêt?'

'Nag oes, mêt.'

'No wyris. Gruff? Sgen ti rislas?'

'Iawn mêt.' (Fel arth yn dihuno o'i aeafgwsg.) 'Be tisio?'

'Rislas, mêt.'

'Gen i'm rislas de. Ond gen i dân.'

'Reu. Ond rislas dwi angan, mêt. Osh, gen ti rislas?'

Dim.

'Osh. Sgen ti rislas?'

Dim.

'Osh. Deffra'r twat. Sgen ti rislas?' (Hergwd.)

'Iawn, mêt. Be tisio, tân?'

'Rislas.'

'*Actually* – *ma* gen i rislas'.

'Ffycin hel Ifs … Diolch.'

Lot o ganolbwyntio rŵan, a chontio wrth i'r lonydd troellog daflu'r baco dros y sêt.

'Iawn, Gruff, gimi'r tân.'

Ond mae leitar Gruff yn wag, ac erbyn troi at Osh mae hwnnw'n ôl yn cysgu.

Rywle ym mherfedd y we fyd eang mae yna fideo o'r cŵl-dŵds yn cael eu holi'n fyw ar sioe blant.

Gwglwch ac mi glywch drosoch eich hun y mwmian a'r mwmial dyfn; yr ym-io a'r a-io ansicr; y gallu anghyffredin i beidio â gwybod ateb i gwestiynau.

Hogan o Lantaf sy'n eu cyfweld, hefo'i hacen sycio cociau Cardiff High.

'Lush. I got you. So like it. Lush!' medd hi wrth eu clywed nhw'n sôn am ddylanwad rhaeadrau creigiog Aberglaslyn ar eu llais.

Ond glas yn wir oedd y llais hwnnw heddiw, llwm fel llyn. Doedd hyd yn oed gwreiddioldeb anghyffredin eu geiriau (*lyrics*) ddim yn gwneud iawn am hynny. (Diafoliaid y Felan, ar ôl pum mlynedd o fethu â chael na chlust nac achlust gan labeli recordiau Manceinion, oedd y cyntaf yn y byd i droi'n ôl at eu mamiaith gan odli 'yn ôl' a 'ffôl'; 'dweud' a 'gwneud'; a 'ti' a 'fi' mewn caneuon pop.)

A'r cyfan yn nodweddiadol, felly, o rocband oedd wedi bwrw'r brig yn ardal Abermandraw a'r cylch, wedi taro'r top, wedi swyno'r sîn. Os ydi babŵns yn darllen beibl, a'r brodyr Brenig yn ddau sant.

Ac aralleirio mewn geiriau eraill, roedd Diafoliaid y Felan yn ffycin shit.

Ar ôl gìg gwaeth na'r arfer yn yr Hexagon, Caer-coll (cyn i'r Hexagon, Caer-coll stopio cynnal gìgs – roedd hi'n gyfnod rhy dechnolegol i ddiwylliant byw), daeth y criw ynghyd a phenderfynu cael tröedigaeth greadigol. Band *covers* fydden nhw o hynny allan, yn canu caneuon grwpiau gwell.

Ond yn amlwg ac wrth reswm, arweiniodd hynny ddim at fyd-enwogrwydd chwaith. Fel Adda ac Efa yn yr ardd (© yr un o Nebo), roedd *blueprint* bywydau'r rhain o'r cychwyn wedi mynd yn rong. Be oeddach chi'n ei wneud hefo'r afal yna'r blydi *chimps*?

Ac wrth deithio ar fws mini i Abermandraw heddiw, dyna pam mai criw o hogiau go ddistaw a di-hwyl oedd Diafoliaid y Felan ill pump. Eu hetiau'n ddandryff, eu siwmperi'n dyllau, ar y lôn i nunlle go iawn. Ac roedd tywydd afon Braw gerllaw fel petai o'n cadarnhau hynny'n eitha reit.

Dros drwst y symbalau yn y cefn, o seinyddion y bws mini ac nid o'r amps, daeth un o ganeuon y band byd-enwog yna o Fethesda ar y radio. Petai ond, meddyliodd pob un wrtho'i hun, gan sbio allan i'r glaw.

Peth creulon ar y naw ydi gwybod eich bod chi'n dda i ddim am wneud yr hyn rydach chi wedi breuddwydio am ei wneud erioed.

*

Gair ichi am ben draw ynys ogleddol y genedl.

Mewn gwirionedd, doedd hi'n syndod yn y byd fod Diafoliaid y Felan yn dda i ddim; roedd yna ronynnau radioactif yn eu pennau ers iddyn nhw fod yn blant.

Ond nid dyna broblem fwyaf pen draw ynys ogleddol y genedl chwaith. Ei broblem fwyaf oedd fod y lle wedi'i foddi gan ddeg mil o weithwyr adeiladu a gwyddonwyr a pheirianwyr nad oedden nhw'n deall gair o'r hyn oedd caneuon Diafoliaid y Felan yn ei ddweud.

Roedd y newydd-ddyfodiaid yn byw mewn pentrefi parod oedd wedi llyncu'r llannau gwreiddiol dros nos. Yr archfarchnadoedd wrth eu boddau; yr orsaf newydd yn codi fel ffenics ymbelydrol o'r tir. Bobol bach, doedd y peilonau na'r melinau gwynt ddim ynddi.

Roedd y Cyngor Sir hefyd wrth ei fodd, er bod y diffiniad o 'greu gwaith lleol' bellach wedi'i stretsio fel band lastig rownd gwasg Ffatibwmbwm Tilsli, landlord y Windsor Hotel. Ac yn gwneud i le fel Abermandraw edrych fel paradwys – bron.

Heather

Bobol bach, dyma le ydi hwn a dyma afon ydi hon. Ac mae o'n meddwl: cyn bo hir mi fydd y dŵr croyw yma'n llawn halen, yn mwynhau'i hun reit i wala yn y môr mawr drwg, yn corddi ac yn chwyrlïo yng nghanol cambyhafio hallt y lli.

Ac mae o'n eiddigeddu wrth yr afon. Y ponciau a'r bryniau, y graig a'r ddôl, y lleuad ac atyniad y cefnfor. Dyna sydd wedi'i denu hi yma wedi'r cyfan. Pethau eraill sydd wedi rhoi iddi hi ei ffurf a'i siâp, ei lliw a'i llun. A'i thrywydd at gyffro'r môr.

A be am y mynd o'i mewn? Sbïwch ar hwnnw'n newid ar fympwy'r gwynt a'r glaw a blys y pedwar tymor. Does dim rhaid i'r afon gyfiawnhau dim wrth neb.

Mae o'n syllu ar hwrlibwrli'r dŵr, yr awyr lwyd yn taflu cysgodion dros bob man. Ac yn sydyn, mae o'n cael teimlad annifyr fod afon Braw wedi naddu'i llwybr ei hun ar hyd ei hoes, wedi dewis ei chwrs er gwaetha popeth.

Mae o'n teimlo'n sâl. Yn gweld Heather yn bictiwr

yn y te claddu, ac yn holi, ai fel hyn rwyt tithau'n
teimlo, del?

*

Roedd gan Heather ei phroblemau ei hun. Ffordd od
o gyflwyno cymeriad, ond roedd o'n wir ac mi roedd
ganddi.

A hyn oedd natur problemau Heather (neu un
o blith y rheini, beth bynnag): roedd Heather yn
brydferth. Ffaith anwadadwy oedd bod Heather yn
honci-donci, tynnwch-eich-trowsus-a'ch-trôns-a'ch-
nicyrs, ewch-i-chwarae-hefo'ch-hun o brydferth a
siapus.

Mewn oes wahanol, fe allech aralleirio'r peth
fel hyn: doedd Heather ddim yn cael llonydd gan
ddynion (na merched) o fore gwyn tan nos, o doriad
gwawr tan fachlud haul. Nac, ers dyfodiad Facebook,
yn y cyfnod rhwng y ddau chwaith. Mewn lle fel
Abermandraw, roedd hynny'n broblem ar y naw.

Ychwanegwch ato'r ffaith, yr un mor anwadadwy,
ond llai hysbys, fod Heather wedi gafael yn ei phidlen
galed gyntaf yn ddeg oed, ac wedi cael erthyliad yn
bymtheg, wel, oedd yn wir, yn eitha reit i wala, mi'r
oedd ganddi ei phroblemau ei hun.

Heddiw'r bore, roedd Heather yn sefyll yn nrws

cefn ei thŷ cyngor yn tynnu ar sbliff cynta'r dydd. Yn crynu wrth feddwl am y freuddwyd ffiaidd yna gafodd hi neithiwr am Dickie Bo Tei, ac yn trio meddwl pam.

Y tu cefn iddi roedd Neli a Jac yn sgrechian wrth reslo am ddarn o dost ar leino'r gegin. O'i blaen roedd glaw Tachwedd yn rhaeadru ar y lawnt, y gwynt yn tynnu ffens wantan yr ardd tua'r llawr. Afon Braw yn y pellter yn hisian i lawr y dyffryn. Ysgydwodd drwyddi; ffyc mi pinc.

Sbiodd ar stad y gwair oedd heb ei dorri ers dechrau'r haf; wnâi ei gwair hi'i hun ddim para tan ginio. Gobeithiodd y byddai Slender Len o gwmpas cyn y cynhebrwng ac y byddai ganddo fo wythfed neu ddwy'n sbâr. Fel arall mi fyddai'n rhaid gofyn i'r brodyr Brenig yna a dim ond un peth sydd ar feddwl y rheini.

Roedd y plant yn dal i wneud twrw ar y llawr; Jac yn beichio crio rŵan ar ôl i Neli gael y gorau arno a slamdyncio'r tost yn llefrith y bowlen *cereal*.

'Mam, isio tost,' meddai Neli, wrth sbio ar hwnnw'n troi'n slwj yng nghanol y Cheerios.

'Ti'di cael dy dost ac wedi'i sbwylio fo,' sgyrnygodd Heather gan daflu'i stwmp i'r ardd. 'A taw ditha ar dy nadu,' chwyrnodd wrth godi Jac o'r llawr. Roedd o wedi llenwi'i glwt ond penderfynodd Heather y câi aros tan byddai'i mam hi'i hun yn cyrraedd mewn hanner awr i'w newid.

Tair ar hugain oed o brydferthwch, oedd. Ond doedd hynny'n cysuro dim arni, ddim a phethau fel oedden nhw. Sodrodd y plant o flaen y teli ac aeth i'r llofft i newid.

Roedd inwifform y bwcis yn hongian y tu ôl i'r drws ond fyddai ddim angen y crys polo gwyrdd arni heddiw, na'i gwisg barmêd chwaith. Estynnodd ei thop du isel a sgert yn eu lle.

Sbiodd allan ar y stad, ar afon Braw fan draw. Honno naill ai'n dwyn pobol neu'n eu cadw'n nhw'n gaeth yma am byth. Hyd yn oed ei theulu hi, meddyliodd; roedd y rheini'n llanast cynddrwg â neb. A Bismarc ei brawd rŵan yn bownd o ymuno hefo Martin yn Walton cyn hir.

Roedd hi isio denig, fel gwnaeth yr hogyn oedd ar ei meddwl rŵan hyn. A dyma gyrraedd bellach y rheswm diweddaraf pam fod gan Heather Lewis, morwyn bwcis a thafarn, un o dair stynar decaf Abermandraw a'r cylch, ei phroblemau diamheuol ei hun. Heddiw, mi fyddai'n gorfod ei wynebu a'i weld.

Taniodd sbliff arall. Roedd hi bron yn ddwy flynedd a hithau'n dal i osgoi mynd i'r twll yna o gartre lle'r oedd o'n gorfod byw.

Dim ond o ddweud ei enw mi deimlodd dro arall

ym mhwll ei stumog. Roedd ei lun o'n dal yno yn ddwfn ym mherfedd ei ffôn. Ffyc mi pinc, roedd ei lun o'n dal yno bob dydd ar wyneb Jac.

A dyna nhw'n y babell yn Aberdaron a fyntau ar ei phen a'i wefusau hallt-y-môr yn crwydro'i chroen. Yr haul ar y gorwel, fel y mae o'n aml mewn straeon o'r fath. A'r haf yn ymestyn yn hir o'u blaenau. Ond mi ddigwyddodd hyn go iawn, ac roedd gan Heather y prawf i lawr y grisiau.

'Ti 'di dŵeddïo fo Martin, Hedd,' meddai o'n ei acen Pen Llŷn, gwlith y wawr ar y gwair etc. etc. 'A dwi'n mynd rownd y byd wsnos nesa.'

Dyna'r tro ola iddi'i weld. Ond mi wyddai cyn sicred â thonnau Enlli fod ei lygaid wedi bradychu'i deimladau go iawn.

Gan drio gwadu'r hyn roedd hi'n ei wneud, aeth i nôl y bocs colur. Sythodd ei gwallt am yn hirach nag arfer; taflodd y teits yn ôl i'r drôr. Ar hynny, clywodd ei mam yn bustachu trwy'r drws ffrynt yn fagiau siopa ac yn gôt i gyd, a'i hymbarél yn llawn gwynt.

'Ffyc mi pinc mae'n dywydd!' gwaeddodd wrth i Heather ymddangos yn nhop y grisiau. Sbiodd ei mam arni'n amheus o'i gweld yn goesau llyfn, y minlliw'n gryf, a mwy na mymryn o'i bronnau'n dangos uwch ei thop.

'O'n i'n meddwl dy fod ti'n mynd i gnebrwng,'

meddai wrth hwylio i mewn i'r lownj. 'A sut ma plantos Nain heddiw?'

Wrth i'r rheini sgrechian am sylw, aeth Heather yn ôl i'w llofft a syrthio ar y gwely. Roedd hi'n amser am sbliff arall, ac un arall wedyn, cwic.

Deio Llŷn, meddyliodd. Llyncodd ei phoer, fel y llyncai ei phroblemau, ac estyn am y llun ar ei ffôn. Mae'n siŵr ei fod o wedi newid llawer erbyn hyn.

*

Gair ichi am y stad ar y stad yn Abermandraw, lle'r oedd Heather a'i phlant, a llawer o bobol eraill a'u plant, yn byw.

Roedd yno ddiawl o stad, a bod yn fanwl. Mewn sawl ystyr: o ran seis, ac o ran cyflwr. Diawl o lanast yn aml, diawl o lot o gŵn yn cadw sŵn. Diawl o reiats weithiau'n y nos, diawl o lot o bobol ifanc yn smocio. Doedd gan y llywodraeth fawr o fynedd â'r lle; mi gâi fynd i'r diawl. Ond gan mwyaf ac ar y cyfan, roedd y bobol yno'n ddiawl o bobol iawn. A diawl, dyna sy'n cyfri, yndê?

Dickie Bo Tei

A phwy sydd isio mynd yn grebachlyd beth bynnag? Mae o'n meddwl am yr holl hen bobol yn Abermandraw, a'r rhai sydd ddim mor hen hefyd, yn gwywo ac yn diffygio ac yn chwydu a chachu a'u cyrff yn grydcymalau, a phethau y tu mewn yn tyfu ac yn ymledu, a phothelli a chyrn a brech ar y croen, a phethau'n pigo'n y perfedd, a gwenwyn yn y gwythiennau, ac mae o'n meddwl amdanyn nhw'n tagu ac yn glafoerio, yn gwingo ac yn llosgi, a blew hir brownwyn yn dod o'u clustiau, a'r clustiau hynny'n fudron, a phoen yn y cefn a'r gwddw, a chur pen mor ddrwg nes eu bod nhw'n anghofio'u henwau'u hunain.

O leiaf roedd o'n dal i allu cerdded, yn dal i allu cael codiad. Ac ymlaen ar lannau'r afon mae o'n mynd, rywsut yn teimlo'n go siŵr na fydd Dickie Bo Tei yn hir ar ei ôl.

*

Roedd o wedi gwneud y daith honno ganol nos mor aml nes y medrai ei gwneud yn ei gwsg – ac yn wir ichi, weithiau mi wnâi hynny hefyd.

Ond mi allai Dickie Bo Tei ei gwneud hi'n ogystal ar ddihun â'i lygaid ynghau, neu'n feddw dwll neu'n feddw sobor neu mewn unrhyw stad arall o chwildod yn y canol.

A'r daith yr ydan ni'n sôn amdani fan hyn ydi hon: y daith o erchwyn gwely Dickie Bo Tei yn ei dŷ teras bychan yng nghanol tref Abermandraw, at ddrws ei ystafell, ar hyd y landing, i'r tŷ bach, i biso ac yn ôl. Doedd neb yn y byd mawr sgwâr a fedrai wneud y daith hon mor ddeheuig o ddidrafferth â Dickie Bo Tei ei hun.

(Dickie Bo Tei: ddim cweit wedi cyrraedd oed pensiwn ond yn edrych felly'n ddigon rhwydd. Gruddiau a wyneb fel ochor craig, yn grychau a rhychau i gyd; esgyrn ei fochau fel dwy belen golff yn eu canol. Y trwyn yn biwsgoch a mawr; y llais yn sych fel yr hiwmor. Ddim yn dal iawn ond ar stôl wrth far yn y Windsor Hotel, doedd hynny ddim o dragwyddol bwys. Gwallt fel y galchen, a lot ohono ar ôl. Mewn gair: smyrff.)

A fanno'r oedd Dickie Bo Tei ar yr eiliad hon, sef ar stôl wrth far yn y Windsor Hotel, a hithau'n nesáu at amser cinio ar fore Mawrth o Dachwedd, a'r coc o landlord tew wedi bod hanner awr yn hwyr yn agor. Fyddai hyn fel rhcol yn mennu dim arno; doedd Dickie Bo Tei ddim yn arfer cychwyn arni tan ddiwedd y pnawn. Ond heddiw, roedd pethau mawr yn pwyso ar ei feddwl – pethau'n pwyso ym mhob man – a hithau'n ddiwrnod te claddu ar ben popeth. Llyncodd Dickie Bo Tei lwnc mawr o'i India Pale Ale.

Oedd, roedd o wedi gwneud y daith honno mor aml nes ei fod o'n gallu'i gwneud hi yn ei gwsg. Ond doedd o erioed wedi cael profiad fel y cafodd o'r tro hwn, sef neithiwr, neu'r bore yma, am tua pedwar o'r gloch, a'r nos yn ddu, a'r wawr yn bell, a thylluanod afon Braw yn hedfan dros y tŷ. A rŵan, wrth y bar, dyma fo angen piso ac roedd ganddo fo ofn trwy dwll ei din y byddai'r un peth yn digwydd drachefn.

'Tyd â peint arall i fi'r ffocin coc,' meddai Dickie Bo Tei wrth Ffatibwmbwm Tilsli, oedd wrthi'n sychu'r chwys o'i dalcen. 'Heather ddim yn gweithio heddiw?'

'Dwrnod off,' meddai Ffatibwmbwm yn fyr ei wynt. 'Isio mynd i'r cynhebrwng, tydi.'

Rhoddodd y landlord y peint i lawr o'i flaen a meddyliodd Dickie Bo Tei am y freuddwyd yna neithiwr; o mam bach. Un o'r rheini nad ydi neb am ddeffro ohoni; un mae rhywun am aros ynddi am byth. Ac wedyn nid yn unig deffro ond deffro i'r hyn ddigwyddodd pan aeth ar ei daith. Llyncodd Dickie Bo Tei lwnc mawr arall o'r India Pale Ale; roedd o angen piso'n dal i fod.

Oedd, roedd y golau'n od yn y Windsor Hotel. Dim ond y fo a'r cloc i'w gweld; y teledu ymlaen yn y gornel. Pethau'n glir ac yn gymylog yr un pryd, a ffrâm o niwl rownd ochrau'r llun. Mae o'n eistedd ar ei stôl wrth y bar.

A dyma weld nad ydi o ar ei ben ei hun chwaith, mae Heather sy'n gweithio y tu ôl i'r bar yma hefyd; mae hi'n gofyn i Dickie Bo Tei ydi o isio peint arall cyn iddi gau.

'Tyd ag un arall yma'r *minx*,' ydi ateb Dickie Bo Tei.

Troi rownd mae Heather a phlygu i lawr i estyn gwydr o dan y cownter. Mae hi'n gwisgo siorts denim tyn a threinyrs, a thop fest du uwchben y rheini. Syllu mae Dickie Bo Tei o'i stôl wrth y bar ar ei thin, ar y rhych yn ei thin yn y siorts ac ar ei choesau llyfn a'r tatŵ ar ei ffêr, ac ar gryman ei chefn wrth i'w fest godi a Heather yn estyn am y gwydr peint o ben draw'r silff o dan y cownter.

'Ond wsti be swn i'n licio fwy na peint, Heather,' mae Dickie Bo Tei'n dweud rŵan. Ydi, mae o'n ŵr ffraeth, ond mae'n ei synnu'i hun go iawn â'i hyfdra'r tro hwn. 'Y chdi.'

Yn sydyn mae Heather yn stopio'n ei hunfan yn ei chwrcwd o dan y cownter. Dyma droi ei phen yn araf, ei gwallt coch yn lledu dros ei hysgwyddau, ac mae hi'n syllu ar Dickie Bo Tei am yn hir, fel petai hi wedi bod yn aros am y foment hon trwy'i hoes. Llygaid gwyrdd yn syllu'n ddwfn a hir. Tydi Heather ddim yn dweud dim byd, dim ond codi'n araf a cherdded trwy'r hatsh cyn neidio i fyny ar ei heistedd o flaen Dickie Bo Tei sydd yn dal ar ei din ar y stôl wrth y bar.

Mae Heather yn fflicio'i threinyrs i'r awyr ac yn rhoi ei choesau o amgylch canol Dickie Bo Tei i'w dynnu'n nes. Dyna hwnnw wedyn yn mynd yn syth am y siorts denim ac yn datod y botwm a'u tynnu'n ara bach i lawr y coesau (hefo'r nicyrs).

Erbyn hyn, mae Heather wedi tynnu ei fest oddi arni (a'i bra hefyd) ac mae ei chefn a'i phen wedi'u crymu am yn ôl dros y bar, nes bod rhai o'r pympiau peints yn pwyso'n erbyn padelli ei hysgwyddau (*shoulder blades*) a'i gwallt yn disgyn i lawr ar y três sydd i fod i ddal y ffroth a'r cwrw sy'n gorlifo.

Ac yntau ar fin estyn ei ddwylo allan i gwpanu'i bronnau, mae Dickie Bo Tei yn deffro; mae'r wyth peint o'r India Pale Ale a yfodd o neithiwr yn pwyso'n drwm ar ei bledren. Yn stryffaglog a heglog, dyna gychwyn felly'r daith honno y mae o mor gyfarwydd â hi, yr un y gall o ei gwneud yn ei gwsg ac ym mhob stad arall o ddihuno a diffyg dihuno yn y byd.

Yn fuan iawn wedyn y caiff Dickie Bo Tei y profiad sy'n ei boeni rŵan hyn yn ôl ar ei stôl wrth y bar. Profiad y mae'n ceisio ymgodymu ag o heb na Heather na'i chorff noeth o'i flaen, dim ond ei beint o chwerw'n setlo, a landlord tew sydd yr un mor chwerw ar ôl gorfod codi o'i wely cyn pryd.

Tu allan mae gwynt a glaw'r bore yn peri i ffenestri'r hen westy grynu ac i'r drws ffrynt glepian agor a chau. A meddwl mae Dickie Bo Tei am sut y dychwelodd o o'r tŷ bach i'w ystafell yn gryndod i gyd. Nid oherwydd y freuddwyd bleserus roedd o newydd ei chael ond o achos y pwll o waed oedd wedi ymddangos yn y bowlen borselin wrth iddo biso.

Rywsut, rywfodd, mynd yn ôl i gysgu a wnaeth. Ond yn y freuddwyd a ddaeth nesaf, roedd Marsipan Morris wedi stopio Dickie Bo Tei wrth y bont yn Abermandraw. Rhybudd oedd ganddi fod posibilrwydd mawr ei fod o ar fin marw. 'Ond jest fel fi sti, Dickie,' meddai Marsipan, 'gen i apwyntiad ysbyty diwadd wsnos neith roi gwybod i fi ydw i'n cael byw.'

Deffrôdd Dickie Bo Tei o'r freuddwyd hon tua chwech a throi a throsi wnaeth o wedyn, ystwyrian rhwng cwsg ac effro yn ei wely yn ei ystafell yn ei dŷ teras bychan yn nhref Abermandraw. Bob yn hyn a hyn, mi dyngai ei fod o'n clywed rhywun yn sgrechian ar lannau afon Braw yn y pellter, a'r dŵr a'r dail yn boitsh hydrefol hyd ei garped.

Pan drawodd y cloc un ar ddeg, gwisgodd Dickie Bo Tei amdano a mynd i Londis i nôl ei bapurau ac yna'n syth trwy'r glaw i'r Windsor Hotel am beint.

*

Gair ichi am y cysylltiad â'r we yn Abermandraw.

Be sydd yna i'w ddweud? *Fuckin awful, mate.* Gwaradwyddus, cachu pants. Ond hefo enw fel Abermandraw go brin y gallech chi gwyno; roedd y lle'n swnio'n anghysbell cyn cychwyn. Hynny cyn sôn am gladdu milltiroedd o optig ffeibr o dan y tarmacadam a'r ffyrdd, y draeniau a'r palmentydd a'r ceudyllau dwfn yn y lôn.

Roedd y gwleidyddion wedi dweud ers tro y byddai pethau'n gwella ac felly roedd hynny'n ergyd farwol, yn gadarnhad pendant na fydden nhw ddim.

O ran y signal ffôn, wel digon anwadal oedd hwnnw, yn mynd a dod fel y mynnai. Dim ond tai pen ucha'r dref fedrai diwnio radio heb strach. Ac roedd angen tywydd braf er mwyn i Freeview weithio'n iawn. Ond o leiaf roedd y rhain i gyd yn lled-ddibynadwy rŵan ac yn y man.

Roedd y cysylltiad â'r we yn fater arall; yn arafach na llif afon Braw i mewn i'r dyffryn. Prin, yn wir, fod angen gofyn pam nad oedd yna'r un busnes newydd wedi ymsefydlu yn y dref ers degawd, a hanner dwsin wedi cau.

Ac roedd y cwmnïau telathrebu wrth eu boddau, gan fod mwyafrif y trigolion yn talu'r ffi lawn am fand eang gyda'r gwaetha yn y wlad. A'r banc bwyd yng Nghaer-coll yn mynd yn brysurach bob dydd, diolch i'r fintai o Abermandraw fyddai'n landio yno hefo'r bws bore.

Na, roedd y cysylltiad â'r we yn Abermandraw yn waradwyddus ac yn gachu pants. Neu fel y dywedodd y ffermwr hwnnw o Ryd-y-main un tro, yn *fuckin awful, mate.*

Doedd Dickie Bo Tei, wrth gwrs, yn poeni dim am hyn. Y *Daily Star* a'r *Sun* oedd ei bethau fo.

Y Dyn sy'n Gweithio i'r Cyngor Sir

Mae o'n cario rhaff yn ei fag. Mae'r bag yn wlyb, oherwydd y glaw. Ysgwn i (meddylia) a fydd y rhaff wedi gwlychu hefyd ac a fydd hynny'n gwneud y peth yn fwy poenus ynteu'n fwy neis. Efallai'n fwy neis. Mae pethau llithrig bob amser yn fwy neis, stiwpid!

Dyma fo'r brigyn o dras uwch ei ben rŵan; mae yna waith dringo fan hyn. Lle mae yna ysgol pan fydd rhywun angen un? Mi fydd yn rhaid i rywun ofyn i'r Dyn sy'n Gweithio i'r Cyngor Sir yn y wêc.

Mae o'n chwilio am y llonyddwch sydd yn enaid pob un. Mi ddylai fod yn hawdd ei ffeindio fan hyn, glannau afon and all that jazz. *Y canol llonydd distaw sy'n ddyfnach na lli afon Braw ei hun.*

Ond pa sentimentaleiddiwch; pa lonyddwch ddiawl. Mae'r gwynt yma fel uffern a'i ruthriadau; y coed fel octopysiaid yn arwain cerddorfa'r glaw.

Dydi ffeindio pethau ddim wastad yn naw tan bump o hawdd.

*

Ar y cyfan, rhwng popeth, o bwyso a mesur a chloriannu, a dwysystyried pethau'n ddwys, roedd y Dyn sy'n Gweithio i'r Cyngor Sir yn ddyn digon bodlon a dedwydd a di-gŵyn ei fyd.

Wedi'r cyfan, mae'r Dyn sy'n Gweithio i'r Cyngor Sir yn gweithio mewn swydd sy'n dra derbyniol a pharchus, a honno'n atyniadol iawn o ran y darpariaethau pensiwn a'r gallu i weithio'n hyblyg, sef rhywbeth sy'n arbennig o hwylus pan fydd y plant yn ifanc neu'n sâl, neu'n ifanc ac yn sâl, neu at ddibenion mwy ymarferol slash cymdeithasol bywyd, megis mynd i chwarae sboncen neu fadminton yn ystod eich dwyawr ginio, neu'n wir a chithau'n fod dynol a dim o'r uchod o gwbwl yn berthnasol i chi, dim ond bod y gallu i fynd a dod o'ch gwaith fel a fynnoch chi (cyn belled â'ch bod chi'n gweithio'ch oriau'n gydwybodol) yn werthfawr ac yn eich siwtio chi i'r dim, yn ffein, yn siort ora – wel jest y peth, de; be mwy fasach chi'i isio?

Yn siŵr iawn, roedd swyddfeydd y Cyngor Sir yn Abermandraw wedi hen gau yn dilyn y toriadau anochel a fu rai blynyddoedd ynghynt. ('Mae'r toriadau'n anochel,' meddai gwleidyddion y Cyngor Sir ar y pryd.)

Roedd yr adeiladau hynny yn eu tro wedi'u troi'n fflatiau gan ŵr o'r cnw Simon Sarck. Ac o'r herwydd, oblegid hyn, roedd y Dyn sy'n Gweithio i'r Cyngor

Sir yn un o'r fintai honno a fyddai'n cymudo i Gaer-coll bob dydd i ennill eu bara menyn.

Ac fel y gwelsom, ar y cyfan, roedd o'n ŵr digon bodlon a dedwydd a di-gŵyn (oedd duwcs!) ei fyd.

Fel arfer, mi adawai'r Dyn sy'n Gweithio i'r Cyngor Sir ei gartref yn ei Ford Focus am ugain munud wedi wyth y bore, cyn dychwelyd ar y dot am hanner awr wedi pump. Sy'n golygu nad oedd y Dyn sy'n Gweithio i'r Cyngor Sir yn gwneud yn fawr o'i hawl i weithio oriau hyblyg wedi'r cyfan. Ond roedd yr hawl honno'n bodoli mewn egwyddor a dyna oedd yn bwysig *at the end of the day*.

Anaml iawn hefyd yr âi'r Dyn sy'n Gweithio i'r Cyngor Sir yn stresd (*stressed*). Anodd mynd i'r stad honno, mewn gwirionedd, a chithau'n gwneud fawr mwy na gwneud yn siŵr fod pawb arall yn gwneud eu gwaith o'ch cwmpas. (Oedd, ar ôl blynyddoedd yn gwneud dim byd, roedd y Dyn sy'n Gweithio i'r Cyngor Sir wedi'i ddyrchafu'n anochel yn rheolwr canol ac roedd ei ffiol yn llawn a'i yrfa ar y llwybr cywir tua'r entrych – iaba-daba-dŵ.)

Ond ar rai adegau, dim ond weithiau – yn achlysurol yn unig – mi allai'r Dyn sy'n Gweithio i'r Cyngor Sir fynd dwtsh bach, jest y mymryn lleia, yn stresd (*stressed*) o ganlyniad i bwysau gweithio yn ei waith yn y Cyngor Sir.

Doedd hyn ddim yn digwydd yn aml. A phrin oedd y bobol a wyddai ei fod yn digwydd. Ond roedd ei wraig yn un, ac roedd honno'n adnabod yr arwyddion. Byddai'r Dyn sy'n Gweithio i'r Cyngor Sir yn dychwelyd adref yn ei Ford Focus ar awr nad oedd yn hanner awr wedi pump, ac yn anghofio cloi'r car ar ei ôl. Yn eistedd wedyn wrth y bwrdd swper cyn cwyno bod y ffocin pizza yma wedi llosgi.

'Ma'r ffocin pizza yma wedi llosgi.'

Byddai'i wraig yn codi'n syth ac yn tylino ysgwyddau'i gŵr uwch y pizza llosgedig. Yn anffodus, rhaid cydnabod ei bod hi'n anobeithiol am gynhesu pizzas yn y ffwrn heb eu llosgi. Anadliad dwfn ganddi wedyn wrth obeithio i'r nefoedd nad oedd y Dyn sy'n Gweithio i'r Cyngor Sir am gael un o'i byliau bach o fod y twtsh lleiaf yn stresd (*stressed*) oherwydd ei waith yn gweithio yn y Cyngor Sir.

'Gad lonydd i fi'r ffocin slebog,' fyddai ymateb y Dyn sy'n Gweithio i'r Cyngor Sir ac roedd y wraig yn gwybod erbyn hynny ei bod hi'n bryd ffonio'r doctor. Unwaith eto. Yn *pronto*, yn gyflym; galwed y cwac yn cwic.

Pan ddychwelai'r Dyn sy'n Gweithio i'r Cyngor Sir i'w waith ar ôl rhyw fis (o, ac am fis oedd hwnnw, mam bach. Wnâi'r Dyn sy'n Gweithio i'r Cyngor Sir ddim byd o fore gwyn tan nos, dim ond aros yn ei wely'n cuddio dan y cynfasau neu orweddian ar y soffa'n gwylio cwisus a sioeau ar Freeview lle roedd rhywun yn rhywle'n gwerthu tŷ neu'n prynu tŷ neu'n ail-wneud tŷ, a mwy o gwisus, cyn crio wrtho'i hun a chau'r llenni ac anghofio bwyta, hyd yn oed os nad oedd y pizza wedi llosgi), byddai ei gyd-weithwyr yn holi:

'Sut mae'r cefn?'

A byddai'r Dyn sy'n Gweithio i'r Cyngor Sir yn gallu ateb yn gwbwl onest ac agored bod y cefn yn teimlo'n grêt, diolch yn fawr, mae mor braf gallu bod yn ôl yn y gwaith.

A digon bodlon a dedwydd a di-gŵyn ei fyd fyddai'r Dyn sy'n Gweithio i'r Cyngor Sir am sbelan eto hefyd, yn cofio cloi ei Ford Focus ar ôl cyrraedd adre a byth yn cecru am y lluniaeth na'r pizzas wedi llosgi oedd ar y bwrdd. Tan y tro nesaf y byddai'n teimlo rhyw dwtsh bach yn stresd (*stressed*) oherwydd ei waith yn gweithio fel rheolwr canol yn y Cyngor Sir.

Heddiw, a hithau'n fore dydd Mawrth ym mis Tachwedd, roedd hwyliau'r Dyn sy'n Gweithio i'r Cyngor Sir yn tsiampion, yn ffein, yn siort ora. Ond doedd o ddim yn gweithio yn y Cyngor Sir chwaith; roedd o wedi dweud wrth ei gyflogwr ei fod o'n mynd i angladd. A hynny, yn bennaf, er mwyn cael diwrnod i ffwrdd o'i waith.

*

Gair ichi am syrjeri'r doctor yn Abermandraw.

Go brin fod lle mwy distaw na lle mor swnllyd ar yr un pryd – yr oedolion i gyd yn sibrwd a'r plant i gyd yn sgrechian. A phe deuai rhai â chŵn i mewn i'r lle, yna mi fyddai'n bandemoniwm.

'Sgiws mi, syr, dim fet ydan ni,' fyddai bloedd y dderbynwraig o'i desg, a'r tsiwawa'n dechrau cyfarth dros bob man. '*Guide dogs only*, mae o'n deud ar y sein!' A dwy hen ddynes yn y gongol yn dal i sisial siarad yn ddistaw y naill yng nghlust y llall.

Mae hi'n gêm gan rai i drio adnabod yr alcis a'r drygis. Gêm hawdd ydi hi hefyd: sbïwch ar eu gruddiau nhw neu ar fagiau'u llygaid nhw, neu'n haws byth ar stad eu breichiau nhw, bendith tad. Adicts bob un.

Fel y mae pawb yn ôl y pamffledi a'r posteri ar y wal. Stopiwch ysmocio, stopiwch yfed, stopiwch orfwyta, stopiwch chwistrellu cyffuriau anghyfreithlon. Mae'n syndod gan amryw nad oes yma boster yn eich cymell i stopio byw.

Mater o dristwch ac o wirionedd ydi'r ffaith

fod pawb sydd â golwg ordew arnyn nhw wrthi'n bwydo'u plant â chrisps. 'Sgiws mi, del,' fyddai bloedd y dderbynwraig, *'no food and drink*, mae o'n deud ar y sein fanna yli! Monster Munch yn enwedig!'

Mae yma ferched o bob oed a siâp yn aros i nôl y pil, yn darllen cylchgronau sy'n o leiaf dwy flynedd oed oddi ar y byrddau coffi. Sawl dyn ifanc yn dod i jecio'r rash ar ei bidlen. A nifer yn dal yn eu pyjamas a'u slipars a ffôns yn canu. Mae pawb yn peswch.

Rhai, fel ddaru Marsipan Morris yn ddiweddar, yn dod i fwrw'u hofnau dyfnaf am y lympiau ar eu cyrff; eraill fel Dickie Bo Tei ddim am dywyllu'r lle, a wnaiff o ddim chwaith er y bydd o'n dal i biso gwaed am dros fis.

Ddiwedd y flwyddyn, roedd y syrjeri'n cau am byth; roedd yr unig feddyg yn ymddeol ac roedd yr awdurdodau wedi methu'n lân, medden nhw, â dod o hyd i neb i ddod yno'n ei le.

Elin Baba

Mae o'n dychmygu'i dad yn codi i fynd i estyn ychydig o grisps i'w fam o'r bwffe; tyrd, mae'n rhaid ichdi fyta rwbath.

Ac mae o'n edrych i weld pwy arall sydd yno ac yn meddwl, Duw, ddim yn ddrwg o gwbwl. Pawb i'w gweld yn mwynhau eu hunain, yn siarad pymtheg y dwsin rownd y bar. Yr Elin Baba yna'n gwenu o'r diwadd; mae hi i'w gweld yn joio'r gwin.

Sut deimlad ydi gadael dim byd ar dy ôl, Elin Baba, dim ond bynsh o fagasîns a phacedi crisps hanner gwag?

Anadliadau dyfn, esgid wleb ar risgl.

Hanner llawn, meddai rhai, ond mi gaiff y rheini fynd i ffwcio.

*

Doedd Elin Baba ddim yn gallu cael babis, sy'n gwneud ei henw'n un anffodus ac eironig tu hwnt.

Roedd gŵr Elin Baba wedi ceisio ei beichiogi o bob cyfeiriad ers wyth mlynedd ond yn ofer. Ac oherwydd hyn roedd Elin Baba yn wraig bendrist iawn a golwg bell arni o hyd. Cylchoedd coch dan ei llygaid; y rheini wastad yn chwilio am y gorwel draw.

Roedd hi wedi trio popeth, o'r meddyg i'r moddion; wedi hyd yn oed galw heibio i dŷ y wraig hysbys yna i weld be oedd barn honno ar y mater.

'Mond un peth dwisio'i wbod,' meddai Elin Baba ar ôl eistedd i lawr. 'Ydw i'n mynd i gael plant?'

Ysgwyd ei phen ddaru Madam Sybille. 'Fedra i ddim gweld dy fod ti, mechan i,' meddai hi, ei sbectols ar waelod ei thrwyn a chledr llaw Elin Baba yn crynu ar y bwrdd o'i blaen. 'Y llinellau yma ... Tydyn nhw ddim yn edrych yn rhyw addawol iawn.'

Daeth deigryn i lawr grudd Elin Baba a phenderfynodd Madam Sybille estyn y cardiau rhag ofn y byddai'r rheini'n arwyddo gwell. Ond tipyn o fistêc oedd hynny; mynd o ddrwg i waeth ddaru pethau wedyn.

'Wyt ti'n ffyddlon i dy ŵr?' gofynnodd y Fadam, ar ôl tipyn o graffu a chrychu talcen ar y cardiau ar y bwrdd.

'Wrth gwrs 'y mod i!' meddai Elin Baba a'i phen yn codi'n sydyn, ei llygaid pell a choch yn agor led y pen.

Gan na fedrai Madam Sybille ddweud celwydd

(un o'i rheolau tragwyddol), bu'n rhaid iddi ddweud y gwir.

'Tydi pethau ddim yn edrych yn dda yn briodasol arnach chdi chwaith, y mechan i. Wyt ti'n gwybod yn union lle mae *o* y munud hwn?'

Y prynhawn hwnnw, aeth Elin Baba trwy negeseuon ei gŵr ar ei laptop. Cafodd fraw; roedd dynes ganol oed o'r enw Sylvia Sarck wedi bod yn anfon lluniau o'i pharthau is blewog ato ers dros flwyddyn gron.

Pan ddaeth Huw y gŵr adre'r noson honno, roedd y gyllell fara eisoes yn ei llaw; cyrhaeddodd yr heddlu jest mewn pryd ar ôl i'r ddynes drws nesa glywed y bloeddio trwy barwydydd tenau eu tai.

Fel yn achos sawl pâr arall, aros yn un ddaru Elin Baba a Huw. Nid er mwyn y plant, yn amlwg, gan nad oedd y rheini'n bod. Nage, aros yn un ddaru Elin Baba a Huw gan nad oedd gan Elin Baba'r unlle arall i fynd iddo. Achos enbyd, mae'n wir, o fod yn gwbwl gaeth ac o fod eisiau denig ar yr un pryd.

A mynd yn gochach ac yn dduach wnaeth y llygaid, y cylchoedd oddi tanyn nhw'n tyfu'n fodrwyau tamp. Sydd eto'n eironig, gan fod Elin a Huw yn dal i wisgo'r aur am eu bysedd ers i'r Parchedig Arthritis Huws orchymyn i'r naill a'r llall ei osod yno y Sadwrn braf, hirfelyn, tesog hwnnw hafau pell yn ôl.

Serch hynny, roedd Elin a Huw ei gŵr wedi stopio cysgu yn yr un gwely, wedi stopio bwyta brecwast hefo'i gilydd, wedi stopio gwylio operâu sebon law yn llaw slash goes dros goes fin nos. Roedd hi'n stori garu *gone wrong* glasurol o drist yn yr ystyr ystrydebol orau.

Erbyn hyn roedd Elin Baba wedi dechrau mynd am dro yn ystod y dydd i gael denig o'r tŷ; roedd y waliau'n pwyso arni ac yn ei gwneud yn *crazy*. Ond wrth ei gweld hi'n baglu'i ffordd i brynu Pinot Grigio a magasîns o'r Premier Stores, byddai plant Abermandraw yn sgathru o'i llwybr a hynny'n ei gwneud yn ddynes mwy *crazy*, dagreuol fyth.

Ambell waith mi fyddai hi'n dilyn y llwybr troed i lawr at afon Braw, i syllu ar y brigau a'r dail a'r prysglwyni, ac ar bopeth arall oedd yno'n tyfu'n wyllt. A thyfu a thyfu a wnâi'r cwmwl uwchben Elin Baba hefyd wrth edrych ar afon Braw yn llifo'n sownd rhwng y glannau, heb unlle i fynd ond i'r môr.

Heddiw, doedd Elin Baba ddim wedi mynd i lawr at yr afon; camodd allan o'r Premier Stores i'r glaw ac anelu yn ôl am y tŷ. Pasiodd y bws o Gaer-coll wrth i hwnnw hercian i stop ar y stryd fawr. Gollyngwyd hwn a'r llall i'r gwynt, Marsipan Morris yn eu plith. Cododd honno law ar Elin Baba ac ystumiodd Elin Baba helô'n ôl, cyn cadw'i phen i lawr am y pafin.

A'i gwallt yn gynffonnau llygod, llowciodd dri chwarter mẁg o'r Pinot ar ôl cyrraedd y gegin. A bar o Dairy Milk a gafodd am ddim hefo *Hello*. Yna aeth i'r gawod ac oddi yno i newid; roedd hi'n siŵr fod yma ffrog ddu yn rhywle yng nghefn y wardrob, y tu ôl i siacedi lledr Huw ac wrth ymyl ei fêl briodas.

Yfodd ddau fẁg arall a dyna pryd ganodd y ffôn.

'Helow,' meddai Elin Baba wrth ateb hwnnw'n gryg. Doedd dim i'w glywed am sbel ond yna deffrôdd y sawl oedd ar ben arall y lein; roedd sŵn siarad mawr o'i hamgylch.

'Hi, I'm looking to speak to Mrs Eileen Ba ... Ba ... Baybee please? I'm calling from Farnborough Fertility Services ...'

Slamiodd Elin Baba y ffôn i lawr hefo gwich, cyn hanner syrthio dros y rhiniog yn ôl i'r stryd. Y bore Mawrth oer o Dachwedd fel gefail am ei brest; hithau'n ailddechrau gwlychu'n syth drachefn.

Trodd ei chamre am y capel. Roedd hi wedi mentro gofyn i Huw y bore hwnnw oedd o am ddod.

'Gas gen i gynebrwngs,' oedd ei ateb, cyn diflannu trwy'r drws i'w waith.

Doedd Elin Baba ddim yn rhy hoff ohonyn nhw chwaith ond o leia roedd o'n rhywbeth i'w wneud. Mi wyddai'n iawn yn ogystal y byddai'r dagrau'n dod yn ddigon hawdd heddiw; roedd ganddi gyflenwad parod yn ei bol.

*

Gair ichi am sefyllfa'r gyfathrach rywiol yn Abermandraw.

Os oedd Elin Baba a Huw wedi bod yn reidio am reswm, ac am un rheswm yn unig, yna roedd pobol eraill yn gwneud hynny am hwyl.

'Mae secs yn hwyl, dydi,' meddai un o ferched y dref wrth y dyn roedd hi newydd fod yn ei gnychu'n rhacs.

Syllodd hwnnw arni mewn braw; nid hwyl oedd hyn, ac nid ffydd na gobaith chwaith, ond y llall.

Y Parchedig Arthritis Huws

Be ydi honna sy'n hwylio ar donnau afon Braw fan acw, yn ei morio hi hefo ymchwydd y lli?

Jeez. Mi gaiff y Parchedig Arthritis Huws job pysgota hon o'r dŵr i'w chladdu.

Mae o'n meddwl sut ddiawl wneith o wasgu i mewn. O fan hyn, hanner ffordd i fyny'r goeden, mae'n edrych yn fach ar y diawl.

A dod yn nes mae'r gasged hefo'r ewyn, wedi cychwyn ei thaith, mae'n siŵr, fry yn y bryniau draw. Mae hon yn gwybod be mae hi'i isio, i le mae hi'n mynd.

Gewch chi drio gwneud be fynnwch chi i'w stopio hi ond waeth i chi heb. Bocs hirsgwar pren yn bob-bob-bobian yn y dŵr; yn lle mae rhywun wedi gweld hyn o'r blaen?

Mae o'n meddwl ac yn tyrchu'n ddyfn wrth drio cofio, yn union fel y mae o ar fin tyrchu i mewn i'w fag.

*

Arthur oedd ei enw iawn, yn amlwg. Neu o leiaf, dyna y bwriadwyd iddo fod. Ond aeth rhywbeth o'i le ar ryw ffurflen gofrestru neu'i gilydd, rywle yng nghyffiniau'r Bala fan yna. Ac Arthritis fuodd o wedyn, o hynny allan, hyd byth amen.

A thal iawn oedd o hefyd, bron yn chwe throedfedd a hanner reit. Polyn lamp o ddyn; Jac y Jwc o Jerico, yn ôl trigolion ffraeth Llan Uwchs. A chan hynny, teg datgan ei fod o'n nes at ei Dduw na neb arall o blith ei braidd, ac yn ymddangos yn weinidog tebol iawn yn y fargen.

Tal, oedd, ond na wamaled: un a'i draed yn sownd ar y ddaear oedd y Parchedig Arthritis Huws y Gweinidog. A gwaetha'r modd, daear Abermandraw oedd honno'r dyddiau hyn. Ers degawd bellach, fo fu'n gyfrifol am yr unig gapel oedd yn dal i agor ei ddrysau yn y lle, capel a'i aelodaeth yn gyfanswm o ddim mwy a dim llai na dwsin.

Sy'n rhif addas iawn, wrth gwrs. Ond nid fel disgyblion yr ystyriai'r Parchedig Arthritis y criw dethol yma, ond yn hytrach fel yr hyn oedden nhw: deuddeg o bensiynwyr dros eu deg a thrigain a sawl un yn nesáu'n beryglus at groesi eu hafonydd Braw eu hunain.

Fel arfer, dydd Mawrth oedd y seithfed dydd yn wythnos y Parchedig Arthritis. Hynny ydi, fyddai o ddim yn un i wneud rhyw lawer ar y diwrnod hwn, nac ar ddydd Llun na dydd Mercher chwaith, pe bai'n dod i hynny.

Ond roedd y dydd Mawrth hwn yn wahanol, ac yn argoeli'n un anodd a phrysur ar y naw. O dan shits cynnes y gwely, gallai Arthritis glywed ei bod hi'n ei harllwys hi y tu allan, bod y gwynt yn clepian y ffenestri, bod Duw yn darogan gwae. Yn dywydd i alw am arch Noa, myn coblyn, nid i gladdu un yn nes ymlaen.

Caeodd ei lygaid a meddwl am fynd yn ôl i gysgu. Dechreuodd ddychmygu pethau neis i hwyluso hynny; Mair Magdalen yn noeth mewn beudy, er enghraifft, yn ei wahodd i orwedd ar ei gwely gwair. Neu'r genod a fyddai'n dod i alaru heddiw; dyna un o fân fanteision bod yng ngofal angladd. Roedd yna rywbeth yn anarferol o reibus a rhywiol am ferched mewn ffrogiau du a masgara tywyll, am y colur cynnil, pwrpasol a chryf. O'i bulpud cynebryngol, mi fyddai gan Arthritis Huws yr olygfa orau yn y Tŷ.

A dyna pryd ffoniodd Duw.

'Helô,' meddai Arthritis wrth godi'r teclyn, gan ofni'n wreiddiol mai'r hen ddynes wirion yna oedd am ei rybuddio bod marwolaeth arall ar y ffordd i'r dref.

'Arthur?' holodd Duw. 'Duw.' (Roedd yn swnio'n fwy fel 'Tiw'.)

'Huw?' meddai'r Gweinidog, yn dal dwtsh bach yn gysglyd (a chaled) o dan y shîts. Priodi rhyw Huw ac Elin Baba oedd y peth cynta a wnaeth o yn Abermandraw ers lawer dydd.

'Duw!' meddai Duw. ('Tiw.')

'Pwy syne dŵe?' holodd Arthritis wedyn yn ei acen Meirionnydd gryg.

'Duw. Yr Hwn sydd yn y nefoedd. Yr Arglwydd Iôr, yr Hollalluog Iôn. Yr un y sancteiddir Ei enw ac y daw Ei deyrnas – i ble, sai'n gwbod Fy hunan. Honno wy'n eiddo arni, fel ar y nerth a'r gogoniant. Iti moyn mwy?'

'Duw-duw,' meddai'r Parchedig Huws yn syn. 'Go wir rŵan?'

'Wir Dduw iti,' meddai Duw. 'Ma rhai pobol yn y ngalw i'n God.' ('Got.')

Cododd Arthritis ar ei eistedd. Roedd gan Dduw lais mwy camp nag y byddai neb wedi'i ddychmygu; roedd o'n hoff o galedu'i lythrennau 'd' fel rhywun ddim yn gall.

'Nawr gwranda, gwboi,' meddai Duw. ('Gwranta,' ac yn y blaen o hyn allan.) 'Fi moyn gweu' rwbeth 'tho ti, reit.'

(Doedd Arthritis ddim wedi dychmygu o'r blaen mai hwntw fyddai O chwaith.)

'O, reit,' atebodd y Gweinidog. A dechreuodd ofni bod ei fòs wedi bod yn cadw golwg ar ei batrwm gwaith a'i arferion ymbleseru o dan y shîts. Dechreuodd ei galon guro'n gynt.

'Ma'r afon Braw yna'n whare'r bêr â'r dre ma, 'chan,' meddai Duw. 'Abermandraw ondife? Ife na ble'r yt ti nawr? A ble'r yf finne fyd, er mod i hefyd ym mhob man arall, wrth gwrs.'

'O'n i'n meddwl y baset ti'n gwbod hynny, wa,' meddai'r Parchedig. 'Onid ti ddaru f'anfon i yma ddegawd yn ôl, a finne mor hapus lle o'n i adre yn fy mhum plwy?'

'Ca dy ben, 'chan,' meddai Duw. 'Ma isie i ti wrando, w. Yr afon Braw 'na. Ma ddi'n llifo ac yn denu'i thrigolion i fyw eu bywyde fel tase dim un dewis arall ar ga'l, fel tase pob llwybr arall *ddim yn bod*, w!'

'Afon Braw?' holodd Arthritis.

'Fi'n credu bod y diafol wedi pisho yndi ddi ryw nosweth ac mai dyna'r drwg, timbo. Odd e'n feddw, 'no. Ond ta p'un 'ny, i fi wedi cal gair ag Allah.'

'Allah?'

'Ie ie, timbo, y llall. Fe sy'n sorto mas yr afonydd a'r glaw.'

'Yr afonydd a'r glaw?'

'O'n i jest moyn gweu'tho ti 'na i gyd. Bydd hi'n gorlifo – bydd afon Braw yn gorlifo cyn diwedd y gaea ma – Iesu Grist Fy Mab, smo ddi'n bell o neud 'ny nawr, nag yw hi? Ie, bydd hi'n gorlifo cyn hir a bydd ishe iti fildo arch.'

'Arch?' holodd Arthritis.

'*You got it*,' meddai Duw. 'Ac aros ynddi tan ddaw enfys uwchben Mandraw Kebabs un nosweth braf. Wnaf i ebosto'r mesuriade iti whap. Nawr, diolcha i Mi am Fy ngair.'

Ac fel roedd y Parchedig Arthritis Huws yn agor ei geg i ddiolch am y gair, canodd y larwm *snooze* ar ei gloc radio a'i ddwyn yn ôl i fyd go iawn ei fara beunyddiol, i'w fore Mawrth oer o Dachwedd ac at yr angladd oedd yn prysur agosáu.

Trodd ei feddwl yn ôl at y merched a'u fêls; mi fyddai Heather a Petal Wynne yn siŵr o fod yno heddiw, dwy *bird* a hanner yn wir, wa. Ond doedd dim amser i wneud unrhyw beth am hynny bellach. Roedd o'n hwyr; roedd angen cyfod o'i wely a rhodio. A dyna a wnaeth, dim ond bod ei gerddediad i'r tŷ bach yn fwy o herc sigledig na gwir rodiad yn ystyr draddodiadol y gair.

Wrth bi-pi, ceisiodd feddwl a oedd unrhyw gyfeiriad yn y Beibl at rywun, rhywle, yn piso. (Yr ateb oedd bod, sef yn yr ail adnod ar hugain yn fersiwn yr Esgob o bumed bennod ar hugain llyfr cyntaf Samuel — *back of the net, baby*.) Ond cyn iddo allu dod i gasgliad pendant, trawodd Arthritis Huws ei gorun ar y pared uwch y drws. Yn y geiriau a ddilynodd, mae'n ffaith drist ond gwir iddo gymryd enw'i Arglwydd Dduw yn ofer.

Â'i law ar ei ben, pasiodd y Parchedig y llun o fynydd y Berwyn ar y wal yn y cyntedd. Oedodd ennyd, arhosodd wers, ac ochneidio'n hir a syrffedus. Doedd hiraeth ddim yn dod yn agos ati. Fyntau'n sownd yn y twll yma o dref, yn treulio'i ddyddiau'n siarad hefo fo'i hun ac yn pregethu wrth jeriatrics oedd yn gwlychu'u gwlâu'n amlach na thrigolion Woodland Hall. Jac y Jwc o Jerico yndê, yn styc ar lwybr cul i ebargofiant.

Camodd Arthritis yn ôl i'w stafell i chwilio am ei goler. Agorodd y llenni a thrwy ffenest y llofft roedd hi'n ddilyw go iawn. Y gwynt yn gyrru trwy'r coed fan draw, y glaw yn chwipio fel peth gwirion. A wir Dduw ichi, roedd lli afon Braw yn uchel, yn beryglus o uchel, a'r un enfys i'w weld yn unman.

✳

Gair ichi am y ddwy siop bwci yn Abermandraw

Gan nad oedd y Parchedig Arthritis Huws yn un i hapchwarae'n rhyfygus, doedd o erioed wedi eu tywyllu. Ond dyma sut lefydd oedden nhw, i'r sawl sydd â diddordeb ysol yn y pwnc.

Shit-holes. Ar bawb oedd yn dod i mewn trwy'r drws, roedd yna olwg hen a sgint; golwg smocio cant y diwrnod a chanser yn crwydro'r croen. Golwg bŵl ar eu llygaid melyn, golwg bell fel Elin Baba ar ddiwrnod drwg.

Dim ond ennill neu golli fedrech chi, colli neu ennill, ennill neu golli. Ond colli gan fwyaf, bron iawn bob tro. Mi aech allan trwy'r drws yn teimlo'n sâl, a thro yn eich stumog fel stumog wag y milgi sydd newydd ddod yn olaf yn eich ras.

Yn un o'r ddwy siop mi gaech godi'ch calon trwy edrych ar brydferthwch Heather y tu ôl i'r ddesg. Hyd yn oed yn ei chrys polo gwyrdd mae'n edrych yn ffein, yn ffab, yn obsesiwn i ddynion a merched sengl a phriod fel ei gilydd.

Ond fel arall, go boenus fydd y wedd ar wyneb pawb, hyll a straenllyd fel gwep Slender Len fan acw sydd newydd golli cyflog wythnos ar y 11.40 yn Ayr.

'Yffach gols!' gwaeddodd pan ddigwyddodd hynny.

Oddi yno mi aech allan i'r stryd fawr yn

Abermandraw, i'r gwynt a'r glaw, i'ch bore oer o Dachwedd, a'ch pen yn drwm. Cyn dychwelyd mewn pum munud i roi swllten bach arall i lawr, jest rhag ofn.

Regan a Ronan Brenig

Wyt ti'n cael dy eni'n bleb ta jest fel yna wyt ti?

Y pethau yma sy'n mynd trwy'i feddwl wrth feddwl am ei dad a'i fam yn meddwl amdano fo.

O ymestyn mae o bron iawn yn gallu twtsiad rŵan, y boncyff o frigyn fel croen dyn musgrell a'r canghennau o'i gwmpas yn siglo, yn ysgwyd i lawr ac i fyny ac ymlaen ac yn ôl yn y gwynt. A'r hen ddail gwlyb yma'n glynu yn ei wyneb.

Y chwinc: o le mae hwnnw'n dod wedyn? Rhywbeth o'i le yn yr edrychiad; y ffordd y bydd pobol yn gwenu ddim yn gwbwl reit. Yn y dafod ti'n gweld y gwaed sydd wedi eu creu.

Rhai felly oedd y brodyr Brenig, sy'n siŵr Dduw o sathru'u ffordd i'r Windsor Hotel a'r wêc. A phobol yn ofni sbio i'w llygaid a dweud: chawsoch chi ddim gwahoddiad, y plebs, ewch adra'n hogiau da.

Ond am y gweddill ohonoch, dewch a thincial eich gwydrau; i'r gwaelod, here we goes.

*

Doedd yno ddim paneli derw o gwbwl, na chwaith hen bobol mewn wigs. Ond mainc ddyrchafedig, mi oedd, a thri o seiri rhyddion a'u tinau wedi'u sodro arni o flaen desg.

Dim ond Ronan oedd yn y doc, ond roedd Regan mewn siwt hefyd. O'i sêt yn yr oriel gyhoeddus, mi syllai hwnnw ar flows y clerc rhwng cyfnodau o sweipio trwy Tinder ar ei ffôn.

Ar ei draed roedd un o blismyn Caer-coll, yn ateb cwestiynau trwy ddarllen o bapur oedd wedi'i deipio'n ofalus ymlaen llaw. Ni sylwai ar y teipos. Roedd ganddo acen Runcorn gref.

'He was unsteady on his feet, sir. His eyes were glazed. His speech was slurred. I formed the opinion that he was drunk, sir.'

Nodiodd y tri saer rhydd fel côr cerdd dant.

Aeth yr heddwas yn ei flaen i ymhelaethu ar sut y trodd y cyfarfyddiad hwn y tu allan i'r dafarn yn Abermandraw yn ddadl ac yn rhegi ac yn gwffas ac yn ffeit, a fyntau, PC Montwright, wedi'i daro yn ci drwyn ar ei diwedd gan y llabwst (*thug*) a enwodd yn Ronan Brenig, sef yr hwn oedd rŵan hyn, mor wir ag y tystiai'i lygaid, o'i flaen yn y doc.

'Ond sut,' damcaniaethodd y cyfreithiwr, a thri chwarter yr ystafell yn sgramblo am y clustffonau cyfieithu, 'y gŵyr PC Montwright i sicrwydd mai'r dyn yma a'i trawodd, ac nid, er enghraifft, rywun sy'n edrych yn debyg iawn iddo?' A gwnaeth y cyfreithiwr sioe o droi i syllu ar Regan yn yr oriel gerllaw. Cododd hwnnw'i ben o broffil Sabrina, 31, ar y gair.

'Hyd yn oed o feio'r llall, mae'r ddau yn gwadu'r cyfan, felly yr un fyddai'r dryswch wedyn. Y gwir amdani ydi nad oes modd cael cyhuddiad saff y tro hwn. All neb – PC Montwright yn enwedig – fod yn sicr pa un oedd yn gyfrifol.'

Edrychodd y tri saer rhydd ar ei gilydd mewn penbleth, cyn ymneilltuo i'r cefn i drafod eu dyfarniad.

A dyna sut, yn fras ac yn frysiog, y cafodd Ronan Brenig ei hun yn llamu'n rhydd trwy ddrysau Llys Ynadon Caer-coll ar y bore Mawrth gwlyb hwn o Dachwedd. Wrth droi tua'r gwynt, triodd y brodyr fwmian diolch i'r cyfreithiwr. Atgoffodd yntau nhw y byddai'n disgwyl gweld pedwar can punt yn ei gyfrif banc cyn hir.

Yng nghefn y bws yn ôl i Abermandraw, trafod sut i dalu i'r cyfreithiwr y pedwar can punt hwnnw oedd y ddau frawd ar y funud hon. Mi fyddai defnyddio'r dull bôn braich traddodiadol o gael y maen i'r wal yn ychydig o risg hefo twrna oedd newydd helpu Ronan i osgoi jêl.

'Werthwn ni'r gêr?' holodd hwnnw, ond ysgydwodd Regan ei ben.

'Dim peryg,' meddai, gan ddoethinebu y byddai PC Montwright yn siŵr o ddod i sniffian o gwmpas – berf addas yn y cyd-destun – pryd bynnag y gwelai o nhw nesaf. 'Ffonia Slender Len i'w stasho fo. Ffeindiwn ni bres y twrna rywsut arall.'

A dechreuodd y ddau sbio allan trwy'r ffenest yn crafu'u pennau sut yn union i wneud hynny ac ym mha ddull a modd y byddai'n digwydd.

Roedd y bws, fel y gwyddoch, yn wlyb ac yn oer, yn stemiog ac yn herciog. Plant yn nadu, hen bobol yn baglu. Lle da i ddal annwyd; lle penigamp i deimlo'n drist. Daeth Marsipan Morris ymlaen ar gyrion Caer-coll, ei gwallt yn gyrls, lliw haul ar ei hwyneb. Mi eisteddodd i lawr heb ddweud na bw na be wrth ei chymdogion yn y cefn.

'Y gont,' meddai Regan dan ei wynt; roedd Ronan ar y ffôn yr eilwaith hefo Slender Len.

Rhywfaint o gefndir ichi: Regan a Ronan Brenig oedd meibion hynaf ac ieuengaf y ddiweddar Lilian Brenig, Abermandraw (yn dawel ar 23 Mai, ar ôl brwydr ddewr yn erbyn canser. Tŷ Cefn, Llanrwst gynt; mam annwyl Regan a Ronan; partner hoff y diweddar Mervin; chwaer-yng-nghyfraith gariadus Julia. Ffrind parchus Jeff y ci. Dim blodau ond croesewir cyfraniadau. At beth nid oedd yn dweud).

Cyn iddo farw yn hanner cant a phump, roedd

Mervin Morris, gŵr Marsipan Morris (arhoswch hefo ni), wedi torri ei addewid i fod yn ŵr ffyddlon a thriw iddi ac wedi symud dros y ffordd i fyw hefo Lilian Brenig a'i dau fab o'i phriodas gyntaf.

Ac am y rheswm hwn, wedi'i gadael ar ei phen ei hun yn ei thŷ cyngor – ddeng mlynedd cyn i'r lwmp ar ei brest ddechrau ffurfio a phum mlynedd cyn i Mervin Morris syrthio'n gelain ar y lawnt dros y ffordd – roedd Marsipan Morris yn dra gelyniaethus tuag at unrhyw beth a oedd yn ymwneud â'r teulu Brenig a'u byd. Y ddau epil yn enwedig felly.

Yn un a dwy ar hugain oed, o sefyll a'r naill a'i sodlau ar ysgwyddau'r llall, fe allai'r rheini weld trwy ffenest dair troedfedd ar ddeg yn yr awyr. Tatŵs ym mhobman; ymwybyddiaeth o sut i ymddwyn yn gymdeithasol ddim cweit wedi datblygu'n llawn. Hoff bethau: cocên a steroids. Hoff ddeunydd darllen: y *Daily Sport*.

Aeth y bws yn ei flaen heibio'r archfarchnadoedd a'r warysau llwyd, y *drive-throughs* a'r maci-dîs, allan o Gaer-coll am y pentrefi a'r wlad. Cyn hir roedd afon Braw a'i choed yn tywyllu'r awyr trwy'r ffenest.

'Meddwl,' meddai Ronan, 'crogi dy hun felna, yn fanna, o bob man.'

'Selffish, cont,' meddai Regan.

'Ddim yn iawn yn y pen, na.'

'Off ei ffocin ben, cont.'

'Hei, ella fydd 'na golecshiyn ar diwadd,' meddai Ronan, yn deffro.

'O'n i 'di planio gadal yn fuan i fynd i'r wêc,' meddai'r llall. Ond sbiodd y ddau ar ei gilydd a meddwl am bedwar can punt y cyfreithiwr. Goleuodd bwlb i fyny fry.

Wrth i'r bws arafu i stop ar y stryd fawr – brêcs yn gwichian, teiars yn tasgu dŵr o'r pyllau – dyna lle'r oedd Elin Baba'n baglu o'r Premier Stores hefo'i gwin a'i magasîns, ei gwallt yn glymau yn y gwynt.

'Ffycin alci,' meddai Ronan

Sbiodd i fyny wedyn at ffenest fflat Slender Len.

'Ti'n siŵr fydd y gêr yn saff hefo hwn?'

'Wel bydd siŵr, pwy ddiawl sy'n mynd i sbio'n fanna? Gambling adict ffwc ydio.'

'Hm,' meddai Ronan; doedd rhywbeth ddim yn teimlo'n iawn yn rhywle. Wrth neidio oddi ar y bws i'r glaw, rhoddodd bwniad arall i'w frawd yn ei asennau.

'Hei Rîg, be ti'n feddwl fasa Mam yn deud, tasa hi'n gwbod?'

'Gwbod be?' meddai Regan.

Oedodd Ronan ennyd. Oedodd Regan hefyd. Sbiodd y ddau ar ei gilydd. Tu ôl iddyn nhw roedd y glaw yn pledu afon Braw, a'r pyb roedd y nytars yn mynd iddo'n gwahodd o'u blaen.

Be wyddost ti am be na wyddost ti ddim?

*

Gair ichi am y seiri rhyddion yn Abermandraw.

Dim ond un peth oedd yn sicr: nad oedd Regan na Ronan Brenig yn perthyn i'r rhain.

Na Deio Llŷn na Simon Sarck (er syndod) na Peter Jêc chwaith. Na Slender Len na Bismarc Lewis, hyn sy'n wir bob gair.

Gan mai o ynys ogleddol y genedl y deuai Diafoliaid y Felan, ac nid o Abermandraw, roedd hi'n ddaearyddol amhosib iddyn nhwythau fod yn rhan o'r gang.

Y Dyn sy'n Gweithio i'r Cyngor Sir, hmm. Ond Dickie Bo Tei – rhowch y gorau i'ch goglais. A phetasai'r Parchedig yn aelod mi fyddai'r peth yn efengyl gwlad.

Am Ffatibwmbwm Tilsli: roedd hwnnw'n ei wely pan fydden nhw'n cwrdd. Sy'n gadael dim ond y genod. Ac roedd y rheini'n frid llawer callach, siŵr iawn.

Ffatibwmbwm Tilsli

Mae o'n dringo ar ei bedwar ar gefn y brigyn mawr (brigyn? boncyff?) ac yn meddwl: mae hyn jest fel hympio dyn neu ddynes dew.

O dras; mae pawb o dras, y pren yma'n fwy na neb. A'i dad a'i fam yn y te claddu yn trio meddwl pam fod popeth yn gorffen hefo cynffonnau watercress. *Wel oherwydd mai dyna'r cwbwl oedd gan y Ffatibwmbwm Tilsli yna i'w gynnig fwyaf tebyg; wedi talu Marsipan Morris i wneud y byffe ar ei ran.*

(Neu shbon-dwlala-lŵlish a shmaca-raca-rŵnsh, mae lot o bethau yn gorffen hefo'r rheini hefyd.)

Mae o'n rhoi ei foch ar y rhisgl ac yn edrych ar afon Braw islaw. Diawl o beth ydi hi, llif y rhyd yn pennu tymp.

Ac mae o'n meddwl am bawb yn gwledda yn y Windsor Hotel; ei ben yn troi fel chwyrligwgan.

*

Hen le diflas a llychlyd a myglyd, er gwaetha'r *smoking ban,* oedd y Windsor Hotel. Pan fyddai'r dyddiau'n byrhau, a'r haul isel yn ymwthio trwy les budur y ffenestri Fictoraidd, a phob un pelydryn *teeny-weeny* yn y byd yn gwneud ei orau glas i dynnu'r dwst o'r papur wal, wel esgob mawr ac ewadd annwyl, hen le diflas a llychlyd a myglyd oedd y Windsor Hotel.

Am y pren derw a'r soffas carpiog, y stolion bar a'r leino stici, y pympiau peints a'r optics gwag: roedd yr olwg ar y rhain yn arwyddo tŷ potes ar ei din os buodd yna un erioed.

Landlord y lle oedd dyn o'r enw Ffatibwmbwm Tilsli, gŵr a fedyddiwyd gan fwy nag un o'i gwsmeriaid yn ffycin coc. Y bore dydd Mawrth hwnnw, roedd Dickie Bo Tei, o'i stôl wrth y bar, wedi galw Ffatibwmbwm Tilsli yn ffycin coc ddwsin o weithiau'n barod. A doedd hi ddim yn agos at fod yn hanner dydd eto – os oedd y cloc ar y wal yn dal i droi.

Fel roedd ei enw'n awgrymu (neu ei lysenw, oherwydd go brin mai Ffatibwmbwm Tilsli oedd ei enw iawn), gŵr a chanddo wasg a bloneg nid ansylweddol oedd Ffati, un llond ei groen yn wir. Wnâi'r festiau *fishnet* a wisgai ddim llawer i guddio hynny chwaith. O stafell i stafell, o ddydd i ddydd, rhyw halio'i fol hyd goridorau'r Windsor Hotel oedd ei hanes, a sŵn ei duchan a'i fustachu'n arwyddo'i ddod ymhell o'i flaen.

Ond doedd y tuchan a'r bustachu yn ddim o'i gymharu â'r chwysu chwaith: mi raeadrai diferion o'i ben moel i lawr ei gefn fel marblis bob awr o'r dydd. Y rheini'n crynhoi wedyn yn y rhych flewog uwch ei drowsus, a'i *Y-fronts* melynwyn yn ddieithriad yn socian.

Yn wir, roedd y cyferbyniad â Heather, a weithiai y tu ôl i'r bar, yn dra nodedig. Wrth i Heather blygu drosodd i estyn gwydrau peints, sbio'n nwydus ar siâp ei thin ond gan drio peidio â dangos hynny a wnâi'r *clientele.* Pan ailadroddai Ffatibwmbwm yr un orchwyl, dymuno peidio â sbio a wnâi pawb ond methu ag atal eu hunain rhag ciledrych ar y ceunant tywyll, blewog oedd yn plymio fel ogof o dan lastig y trôns.

Gwaetha'r modd, roedd cyfyngiadau corfforol Ffatibwmbwm Tilsli (neu yn hytrach, ei ormodeddau corfforol) yn gwneud y dasg o gadw waliau'r Windsor Hotel ar eu traed yn un anodd ar y naw. Hynny'n bennaf oherwydd maint y lle; roedd yno dri llawr i gychwyn, heb gynnwys y seler islaw. Ac roedd hyn yn dipyn o dir i'w gyfro i ŵr wyth stôn ar hugain.

Ers cyrraedd yno ddwy flynedd yn ôl, breuddwyd fawr Ffatibwmbwm Tilsli oedd adfer i'r hen dwll dyfrio ei wychder cynt; achub y *boozer* rhag y baw. Roedd hyn yn rhywbeth y ceisiodd ei wneud yn yr holl dai tancio y bu'n landlord arnyn nhw erioed.

Y cwisus pop a'r twrnameintiau darts; y grwpiau

roc a'r karaoke; y ciniawau dydd Sul a'r nosweithiau cyrri: roedd brwdfrydedd cychwynnol Ffatibwmbwm bron yn gyson ddidwyll, bron yn ddi-ffael o ddiffuant. Ond buan y pylai hwnnw, gan mai methiant fyddai'i hanes bob tro.

Methiant yn wir fel y buodd y Windsor Hotel hyd yma, a methiant fel Ffatibwmbwm ei hun. Roedd o hyd yn oed wedi methu mewn ymgais i'w grogi'i hun un nos Fercher ddigalon y gaeaf cynt, a hynny am na wyddai'n iawn sut i greu cwlwm hefo rhaff.

Yr hyn a wnâi bethau'n waeth oedd sylw a ddarllenodd yn yr *Inkeeper's Monthly* yn awgrymu bod poblogrwydd tafarn yn dibynnu'n llwyr ar boblogrwydd y sawl a'i cadwai. Yn anffodus, aeth y deigryn a wylodd Ffatibwmbwm bryd hynny ar goll yng nghanol yr holl chwys.

I roi'r darlun cyflawn, gwell ychwanegu bod ei wraig a'u dau o blant wedi'i adael, a'r rheini'n byw yn Peterborough hefo milwr o Rhos-on-Sea. Neu yn Rhos-on-Sea hefo milwr o Peterborough, doedd Ffatibwmbwm byth yn siŵr. Ond mi wyddai mai ar ei ben ei hun roedd o bellach. A'r Windsor Hotel yn galw, a blaidd yn gwylio'r drws.

A sôn am flaidd oedd hwnnw; roedd y bragdy eisoes wedi bygwth gwerthu'r lle i gwmni o ddatblygwyr fflatiau lleol. Onid oedd yna ryw

Simon Sarck i fod i gyrraedd cyn cinio i gael golwg ar y lle? Dechreuodd Ffatibwmbwm deimlo'n flin wrth i Dickie Bo Tei ofyn iddo fo ddod â pheint arall iddo fo'r ffycin coc, go siarp ma gen i sychad. Ac ailddechreuodd y chwys lifo drachefn.

Mi wyddai Ffatibwmbwm yn iawn nad oedd peryg i hwnnw stopio weddill y dydd, er gwaetha'r tywydd oer y tu allan. Yn enwedig gan fod Heather wedi mynnu cael mynd i'r angladd yn hytrach na dod i mewn i'w helpu wrth y bar.

'Cynhebrwng mawr, Ffati,' meddai Dickie Bo Tei, a golwg fwy piwis nag arfer arno heddiw, os oedd hynny'n bosib. 'Fyddi di'n brysur, coc. Crogi'i hun, myn uffar. Pam ffwc?'

Ddywedodd Ffatibwmbwm Tilsli ddim byd.

Penderfynodd fynd am gachiad rŵan, achos go brin y câi gyfle arall. Yn y geudy damp yn y cefn, roedd sêt y toiled yn Dachwedd drwyddo, fel roedd hwyliau Ffatibwmbwm ei hun.

*

Gair ichi am y seler yn y Windsor Hotel.

Digon dweud ei bod yn gul a chyfyng, rhywbeth nad oedd Ffatibwmbwm Tilsli ddim. Y to'n isel, a thrawstiau ym mhobman y gallai dyn fel Ffati daro'i foelni arnyn nhw'n gyson ryfeddol.

To isel; grwndi isel hefyd. Y peiriannau oeri'n gwneud ichi deimlo bod daear Abermandraw ei hun o'ch amgylch yn griddfan. Afon Braw uwch eich pen, ei lli'n drwm ar y tir.

Mae lleithder y pridd yn treiddio trwy gerrig y waliau. Llwch ar y llawr. A phe diffoddech chi'r golau, mi allech dyngu'n rhwydd iawn eich bod chi mewn arch.

Y Te Claddu

Pam fod rhaffau'n mynd yn gwlwm o'u cadw nhw mewn bag? Fel lîds cyfrifiaduron a tsiarjars ffôn; rhowch nhw o'r neilltu'n daclus ac mi ddôn nhw i'r golwg wedi cordeddu fel nadroedd gwyllt.

Mae popeth yn wlyb; mi fydd datgymalu hon yn y gwynt a'r glaw yn job. Yn enwedig a chdithau ugain troedfedd yn yr awyr, brigau yn chwipio dy glustiau, cawod o ddail yn pydru rownd dy ben.

Abermandraw fan draw; welodd neb ond yr adar yr olygfa hon o'r dref. Neu'r deinosoriaid a'r mwncis pan oedden nhw'n fyw.

Mae o'n meddwl am y rhywun fydd yn cerdded y llwybr i'r glannau; fyntau fanno'n hongian fel cwningen mewn siop. Tafod yn wynbiws, llygaid wedi popio, ond y pilipalas wedi hen beidio â'u giamocs yn ei fol.

Siawns y bydd o'n barti go dda. Tynnwch fi i lawr i fi gael gorwedd, wir Dduw.

*

Mae'n ffaith ddigalon, ond gwir, bod pobol mewn te angladd, gan mwyaf ac ar y cyfan, yn ymdebygu i ieir bach yr haf, a'r rheini newydd gael eu gadael yn rhydd o botyn jam.

Digalon ond gwir. Ac felly'n bendant yr ymddangosai hi y prynhawn Mawrth hwnnw o Dachwedd yn y Windsor Hotel, Abermandraw, a barnu yn ôl hwyliau'r criw oedd wedi ymgynnull yno i fân ymddiddan a checru, ac i roi'r byd mawr sgwâr yn ei le.

Pe sbiech chi arnyn nhw mewn difri, mi sylwech nad chwythu mwg yn unig oedd y gwŷr a'r gwragedd yn y portsh ysmygu gerllaw, ond chwythu cymylau o ryddhad. A dyna ichi'r jôcs yn codi'n gresiendo yn y disgwrs, y clecio peints yn codi sbid, a'r teis a'r blowsys yn datod rif y gwlith.

Yn wir ichi, heblaw am y plateidiau arlwyo llawn brechdanau past samwn, tartenni sawrus (*quiches*) a chynffonnau berwr y dŵr (*watercress*), go brin y byddai'r teithiwr talog wedi dyfalu i'r rhain fod ar gyfyl cynhebrwng erioed.

O'u hastudio'n agosach, mae yna dad a mam yn y gornel, ac mae galar y rheini'n gyflawn. 'Tyrd, mae'n rhaid ichdi fyta rwbath,' mae'r gŵr rŵan yn dweud wrth ei wraig, gan godi i fynd i nôl platiad o grisps. Wynebau'r ddau wedi heneiddio dros nos; craig yr oesoedd wedi glanio ar eu hysgwyddau.

Ond am y gweddill, chwilio gollyngdod y mae'r rheini; yfed i anghofio'u stŵr a'u strach eu hunain.

Dyna ichi Slender Len fan acw, sydd newydd ddod yn ôl o'r bwcis ar ôl colli deugain punt arall ar y cŵn. Mae o'n ei thancio hi, nid yn unig oherwydd hynny ond hefyd o achos yr ugain gram o bowdwr gwyn sydd wedi'i stashio ym mhoced ei siaced. A fan heddlu wedi bod yn sefyllian y tu allan ers awr.

'Peint arall?' meddai o wrth Bismarc Lewis wrth ei ochr, sydd yn mynd amdani'n ogystal; doedd o heb fod yn fo'i hun ers wythnosau. Mae o newydd alw Elin Baba yn Megany wrth daro i mewn iddi ar y ffordd i'r toiledau. Sy'n eironig, wrth gwrs, gan mai babis byw ac nid rhai marw sydd ar feddwl honno bob awr o'r dydd.

Bellach dacw hi Elin Baba a'i llaw ar glun y Parchedig Arthritis Huws, sydd wedi'i frawychu a dweud y lleiaf. Mae gruddiau Elin Baba'n goch ar ôl yr holl win, y modrwyau o dan ei llygaid yn suddo'n is. A llygaid Arthritis Huws ei hun ar gorff Heather Lewis fan acw, dim ond bod honno'n rhythu'n hir draw i gornel bella'r bar, llc mae Deio Llŷn yn ei gadair olwyn, chwe stôn yn drymach nag y bu, yn egluro wrth Peter Jêc ei fod o'n annhebygol o fyw dros ddeugain.

Prin fod Peter Jêc yn gwrando gair. Fry i fyny'r grisiau, yn un o stafelloedd gwely llychlyd y Windsor Hotel, dyma welech chi pe cipedrychech chi (y gwalchiaid!) trwy dwll bach clo'r stafell wely lychlyd honno: tin gwynnoeth un ar hugain oed Ronan Brenig yn dychlamu bob rhyw hanner eiliad yn ôl ac ymlaen i'ch cyfeiriad uwch breichiau a choesau chwifiedig yr hon a fedyddiwyd untro yn Petal Wynne. Hithau ar ei chefn ar fwndel o dowels, ei dwydroed yn y nen, ac i'w gweld yn mwynhau ei hun. Yn ieithwedd y diwydiant (a byd natur), mae'r ddau wrthi fel cwningod.

(Pan geisiodd Peter Jêc ddilyn y ddau i fyny'r grisiau i weiddi be ddiawl wyt ti'n ei wneud y ffocin bitsh, roedd Regan Brenig wedi camu o'i flaen a'i sodro yn ôl yn ei sedd hefo gwên gam.)

Mae Marsipan Morris newydd ddweud wrth Heather am ei hapwyntiad ysbyty; tydi Heather ddim yn gwrando am nad ydi hi'n gwybod sut i fynd draw at Deio Llŷn fan acw i ddweud wrtho be sydd ar ei meddwl.

Ac am nad ydi Heather yn gwrando, mae Marsipan Morris – sydd eisoes ar ei chweched jin – yn camu draw i'r bar am ei seithfed. Ar ei stôl heb symud ers teirawr mae Dickie Bo Tei.

'Sbyty dydd Gwenar; Dickie. Sgan,' meddai Marsipan, a Dickie Bo Tei yn crafu'i ben ac yn ceisio dyfalu sut mae o'n gwybod hyn yn barod.

I lawr y grisiau, ac yna i lawr eto yng nghrombil selerydd yr hen westy, o dan y stryd fawr bistylliog, mae Ffatibwmbwm Tilsli yn chwys laddar stecs ulw yn trio newid y gasgen lager yn yr hanner gwyll. Mae'n gallu clywed dwndwr y gyfeddach yn treiddio trwy'r distiau a'r muriau damp uwchlaw. Hynny, ynghyd â synhwyro anniddigrwydd y rhes nid ansylweddol o bobol sydd rŵan yn ciwio'n ddiamynedd am ddiod arall er mwyn ymroi iddi i alaru'n iawn.

Contio mae Ffatibwmbwm Tilsli, yn arddull unigryw tafarnwr tew mewn strach, y ffaith bod Heather wedi mynnu cael y dydd i ffwrdd i fynd i'r angladd. Mae'n llwyddo i gysylltu'r beipen gàs yn ôl yn ei lle cyn stryffaglu'n wlyb socian i fyny'r grisiau pren, y rheini'n gwegian ac yn crawcian o dan ei bwysau fel ffycin brân.

'Lle fuost ti'r ffycin coc, ffycin bragu'r stwff?' hola Dickie Bo Tei wrth i Ffatibwmbwm Tilsli gyrraedd y bar a'i ffycin anwybyddu. Mae ceseiliau ei grys fel dau Lyn Tegid, sy'n codi hiraeth mawr ar y Parchedig Arthritis Huws wrth iddo fo ddenig rhag Elin Baba i'r bogs.

Ar yr eiliad hon, mae drws cefn y Windsor Hotel

yn gwichian agor a chwa rynllyd o wynt afon Braw yn llenwi'r stafell yn ei sgil. Yn y ffrâm saif Simon Sarck, bandej gwaedlyd am ei ben, ac o dan hwnnw, ei glust dde bron yn gyfan gwbwl ar goll.

'Ffycin ariangarwr diawl,' meddai Dickie Bo Tei wrth y Dyn sy'n Gweithio i'r Cyngor Sir, hwnnw'n trio peidio yfed gormod rhag ofn i'r siandi amharu ar effaith y tabledi yn ei fol.

'Mae o'n foi olreit t'mbo, yn ddyn iawn yn y bôn,' ydi sylw'r Dyn sy'n Gweithio i'r Cyngor Sir. 'Yn creu gwaith yn lleol, sti.'

Mae Elin Baba bellach yn sgwrsio hefo Madam Sybille ac mae honno'n rhoi cerdyn i Elin Baba fydd yn ei harwain maes o law i siop gwerthu pypedau yng Nghaer-coll. 'Mi lanwodd fwlch yn 'y mywyd i lot fawr,' meddai Madam Sybille, cyn diflannu yn sidan ac yn fwclis trwy'r drws.

Ac i mewn trwy hwnnw nesaf y daw, yn gyntaf, y dyn diarth a fu'n rhannu bws hefo Marsipan Morris heddiw'r bore. Dyn nad oes gan neb yn y byd syniad pwy ydi o na be mae o'n ei wneud yn y wêc.

Ac yn ail, sŵn clindarddach yn gymysg â rhegfeydd; mae drymiwr Diafoliaid y Felan wedi gollwng ei symbalau'n glep ar lawr wrth ddadlwytho'r bws mini ar y stryd.

'Be ffwc ydach chi'n dda fama?' ydi ymateb

Ffatibwmbwm Tilsli, sydd bron â chrio wrth weld y band o ben draw ynys ogleddol y genedl yn cario'u hampiau i mewn i'w byb.

'Ti 'di bwcio ni i chwarae, reu,' meddai'r canwr. A Ffatibwmbwm yn estyn ei galendr mewn braw ac yn canfod mai gwir y gair, roedd o wedi dybyl bwcio gìg a the claddu ar yr un diwrnod.

Hanner awr wedyn, gyda sawl gwich o ffîd-bac ac un-dau-tri-helô-dachi'n-y-nghlywad-i ar y meic, mae Diafoliaid y Felan yn cychwyn mynd trwy'u pethau. Dychrynllyd ydi'r rheini yn ôl y disgwyl. Ond wrth i'r dydd dywyllu a'r hwyliau godi, does neb i'w weld yn gofidio mwyach.

Yn union fel nad oes neb yn gofidio mai te angladd ydi hwn i fod, nac yn cofio bellach te angladd pwy.

Mae'r tad a'r fam wedi diflannu, fel y mae Marsipan Morris i roi ysgwydd i'r ddau yn eu tŷ. Ond mae gweddill y criw, neu'r rhan fwyaf o weddill y criw, ar y dansfflor. Elin Baba'n gwneud rhywbeth sy'n ymdebygu i dango di-lun; Slender Len a Bismarc yn trio cychwyn congo.

Yn y gongol, mae Deio Llŷn a Heather wedi dechrau siarad; y masgara'n llanast dros ei hwyneb. Mae acen Pen Llŷn Deio yntau'n gryg, ei lais yn diffygio. A'r Parchedig Arthritis Huws o'i sêt yn dal i syllu ar Heather a'i thits.

I fyny'r grisiau, mae Petal Wynne a Ronan Brenig wedi dychwelyd am ail rownd yn y stafell wely lychlyd; mae Peter Jêc mor feddw nes nad ydi o wedi sylwi ar hyn yn digwydd. A Dickie Bo Tei wedi magu'r plwc i fynd i biso. Mae hi fel tywallt sôs coch i'r pan.

Dal i chwysu mae Ffatibwmbwm Tilsli, wedi colli stôn cyn amser te. Tydi'r Windsor Hotel heb gael noson debyg ers misoedd ac mae o wedi dweud wrth Simon Sarck am fynd i ffwcio hefo'i fflats. '*I've no one to fuck*,' meddai hwnnw, '*my wife'sh having an affair.*'

Draw dros y ffordd dyna ichi Hakan a Demir ym Mandraw Kebabs yn rhoi'r doner i droelli a'r *fryers* i boethi; Wong yn yr Hung House yn cynhesu'r *King Prawn Balls* a'r *chips*. Ac allan o'r garej MOT, mae gyrrwr y lorri sment yn gyrru'i lorri sment i'r lôn; honno wedi treulio'r rhan fwyaf o'r pnawn yn y pit yn cael ei pheintio.

Cyn bo hir mae selogion y pyb wrth y bont a'r pyb y mae'r nytars yn mynd iddo yn baglu draw tua'r Windsor Hotel i weld be ydi'r sŵn. Ymdrechion aflafar i gydganu'n diasbedain trwy'r ffenestri Fictoraidd. A'r chwerthin a'r gweiddi'n torri'n donnau ar lannau afon Braw fan draw.

Wrth iddi nesáu at awr cau, mae'r Dyn sy'n Gweithio i'r Cyngor Sir yn atgoffa Ffatibwmbwm o'i amodau trwyddedu. Mae Anti Jean wedi dod i nôl

Deio Llŷn ac mae Heather wedi syllu'n hir a phoenus ar eu hôl. Y brodyr Brenig bellach yng nghefn fan yr heddlu a PC Montwright yn chwilio'u jîns. Wedi sobri, dyma Peter Jêc yn hebrwng Petal Wynne adre ond chaiff o ddim mynd i mewn i'r tŷ.

Mae Slender Len a Dickie Bo Tei wedi aros am beint hwyr, ond dyma gic allan gan Ffatibwmbwm sydd wedi blino'n lân ac angen ei wely cyn cael hartan.

'Hello hello hello,' meddai PC Montwright wrth Slender Len ar yr eiliad y mae hwnnw'n camu i'r stryd.

Drymiwr Diafoliaid y Felan wedyn yn colli'r symbals ar y llawr wrth ailbacio'r bws mini, a'u torri. A Bismarc Lewis yn siarad hefo Megany sy'n nofio yn nŵr yr afon. 'Tyrd adre, wa,' meddai'r Parchedig Arthritis Huws wrtho, a'i dywys tua'i fflat.

Mae'r glaw wedi peidio bellach; mae'r gwynt yn y coed wedi gostegu ac mae mantell y nos wedi syrthio dros bob man. Fel y mae hi'n aml mewn straeon fel hyn.

A dyma'r olygfa a welech chi, pe baech chi wedi aros i fusnesa uwch tref Abermandraw yn hwyr ar noson y cynhebrwng yma: o un i un, y trigolion yn diflannu i'w cartrefi fel madfallod, ambell un yn fwy siglcdig na'i gilydd, ambell un â'i ddagrau, ambell un â'i chwerthin yn ei ddilyn i'r tŷ.

A mymryn o leuad, mae'n siŵr, yn sbecian yn hollwybodus uwch afon Braw wrth eu gwylio ar eu hynt.

Y cyfan yn dystiolaeth ddigamsyniol fod pobol mewn te claddu, gan fwyaf ac ar y cyfan, yn ymdebygu i ieir bach yr haf, a'r rheini newydd gael eu gadael yn rhydd o botyn jam.

*

Gair ichi am be ddigwyddodd cynt.

Yno ar lannau afon Braw, fry ar y brigyn, ar y boncyff o dras, mi ddychmygodd o'r holl bethau yma.

Mi ddychmygodd o sŵn yr ymddiddan a'r canu; ei fam a'i dad yn y gornel; y criw oedd wedi dod i'w gofio a'r rheini'n cofio dim.

Mi welodd o Abermandraw a'i phobol, Abermandraw a'i phlebs. Yr haul a'r lleuad a fyddai'n dal i dorri ar y dail yma, er gwaetha'r gwynt a'r glaw. Mi ystyriodd y bobol a fyddai'n dal yno i brofi hynny'n digwydd.

Mi feddyliodd am bawb a'i botes ei hun; am bawb a'i bicil. Am yr aber absennol a neb yn gweld ei golli. Ac am ei dad a'i fam drachefn.

Ac yno ar lan yr afon, a'r glaw yn taro'r lli, a brigau

uwchben, a boncyff islaw, a'r dail ym mhobman, mi oedodd. Mi ddychmygodd eto'r parti yn y Windsor Hotel a meddwl efallai y byddai'n cerdded yno rŵan, yn ôl o'r coed, ar hyd y glannau, i'r stryd fawr yn nhref fechan Abermandraw, i ddweud un helô bach arall wrth ei fyd.

Ond yn lle hynny, gredech chi ddim be wnaeth y ffŵl.